悪役令嬢に転生したので、
すべて無視することにしたのですが……？

登場人物紹介

カイン・ホースト
攻略対象で公爵家の次期当主。
真面目で硬派だが、
リリアンに振り回されている。
リリアン・ベルテルク
やるべきことはしっかりとやる。
自分を貫き通す性格だが、
お人好しのため、志は折れやすい。

アリエル・ニスティア
乙女ゲームのヒロイン。
素直だがネガティブ思考な面もある。
ソフィア・リーヌ
リリアンの前世からの友人。
勉強が得意で、
教えるときは厳格になる。
モニカ・テンフェル
商家の令嬢でクラスメイト。
リリアンに盲目的に好意を寄せる。
マナ
リリアン付きのメイド。
おおらかで誰にでも優しいが、
メイアたちに嫉妬と
焦燥を感じている。

プロローグ　ゲーム開始直前

イライラしていた。

最近まで、付き合っていた彼氏にフラれたのだ。

まだ、好きな人ができたからとか、それだったら納得したかもしれない。怒りはするけど、まぁ、仕方ないかと思えたかもしれない。

でも、フラれた理由が『君を好きになれない』って何よ!?　向こうから告白してきたんだよ!?　罰ゲームかなと思って友達に頼んで探ってもらったけど、そうでもないみたいだし！

気持ちを弄《もてあそ》ばれたみたいで、本当に最悪だ。

そのせいでイライラしていたら、ふっと目の前が暗くなる。

あれ？　疲れたのかな？

一瞬真っ暗になったあと、再び明るくなった。

そうしたら、瞬間移動したのか？　と思うくらいに目の前の景色が変わっている。

明らかに高そうな家具に、フカフカのベッドの上で寝転がっていたのだ。

私は、辺りをキョロキョロと見渡すが、見覚えのある景色が映ることはなかった。とっさに窓の外を見てみる。なんとそこにはおかしな光景が広がっていた。

どう見ても、ニュータウンくらいには発展していそうな街並みなのに、馬車が走っている。そして、妙に視線が高いような気がして、真下を見ると、明らかに三階建てはありそうな建物にいた。

さらに、この建物には庭があった。どう見ても近所の公園くらいはありそうなくらいの、大きな庭が。

「何よこれー!!」

大きく叫んでしまった。だって、目の前が暗くなって、また明るくなったら、全然見覚えのない場所にいるんだから。

私が叫んでしまったせいだろう。ドタドタと大きな足音をたてながら、誰かが来る。

「お嬢様!?　どうされましたか？」

本当に心底驚いているかのような顔をしながら、メイド服を着た人がドアを開ける。走ってきたようで、息を切らしていた。

「いえ、マナ。なんでもないわ」

自分でも驚くくらい自然に、目の前の存在の名前が出てきた。

そのとき、彼女の記憶が頭に流れ込んできた。

マナは、私に良くしてくれる数少ない使用人。まだ新人なので、ミスすることも多く、そのたびに、私は叱《しか》っていて——いや、見覚えがないんだって。

叱《しか》るどころか、目の前の存在はまったく見覚えがないんだって。

それなのに、なんで彼女を私は知っているの？

「明日は学園に入られるのですから、しっかりしてくださいね！」

彼女は、握りこぶしを作って、私に軽くお説教してくる。

――学園？　何を言っているの？　私は、もう大学生になったんだけど？　学園って高校のこと？　それならもう通い始めるなんてことはないんだけど？

「学園……？」

私が、思わずそう言ってしまうと、彼女はほっぺを膨らませる。

「忘れちゃったんですか!?　あんなに楽しみにしてらしたのに。明日は魔法学園の入学式ですよ！」

……は？

もう、それしか出てこなかった。だって、何を言ってるの？　って感じだったもの。

魔法なんて、そんな夢物語――そう思っていると、とたんに頭に激痛が走る。

「うっ！」

思わず、頭を抱えてその場にへたり込んだ。マナは、心配そうに私に駆け寄ってくる。

「お嬢様！　大丈夫ですか!?」

マナはそう言って、私を支えてくれる。それからベッドの上に座らせて、部屋を出ていった。

「怪我をなされたので、お疲れでいらっしゃるのかもしれませんね。今日はお休みください」

そう言われたので、私はフカフカのベッドの上に寝転がった。そして、状況を整理する。

頭痛のときに、記憶が戻ってきた。この体の名前は、リリアン・ベルテルク。ベルテン領の統治をしているベルテルク公爵の一人娘だ。

当然ながら、自分はこんな名前ではなかった。つまりは、生まれ変わったことになる。

次は、やっぱり魔法のことだ。先ほど頭痛がしたとき、魔法の情報がフラッシュバックした。

水と土属性の魔法が使える。それは、この世界にありふれている属性の中でトップ2に入るものだった。

複数の属性を持つ者は珍しいらしいが、自分は大して魔法も強くなくて、水を生み出すのと、土を少し盛り上げるくらいしかできない。

そんなだから、自分は体《てい》の良い厄介払《やっかいばら》いをされそうになっている。すでに婚約者がいるのだ。

婚約者は、同じ公爵家のカイン・ホースト。ホーステン領の次期領主であり、公爵家の次期当主である。そして、そんな婚約者からの、自分のイメージは最悪だ。

自分は、カインのことが好きだったので、近づく女性を牽制《けんせい》しまくっていた。そして、いつも家に押しかけたりもしていた。

そして、入学式で迎えに来てくれなかったことに文句を——うん？

あれ？　入学式は明日だよね？　なんで、そんなことを知ってるの？

ちょっと待てよ？　リリアン・ベルテルク？　カイン・ホースト？

どこかで聞いたような……？

『この乙女ゲーム、本当に面白いんだから！』

前世の友人が、そう言ってドーンと効果音がなりそうな勢いで、パッケージを見せてきたゲーム。

それの登場人物に、そんな名前があった。

カイン・ホーストは、攻略対象。そして、リリアン・ベルテルクは、悪役令嬢として。

そのゲームは、友人がやっているのを隣で見ているだけだったが、それなりに記憶力は良い方なので、なんとなく覚えていた。

つまりは、私は悪役令嬢になったのだ。しかも、ゲームの開始は学園の入学式。それは明日。それが意味するのは、ただ一つ。

破滅《はめつ》寸前の悪役令嬢に生まれ変わってしまったということだ。

私は死んでないはずなのにとか、どうしてこんなことにとか、いろいろと思うところはある。でも、そんなことよりも。

「それはないでしょー！」

思わず心の声が出てしまって、またもやマナが「どうしましたか⁉」と飛んできた。なんとかごまかしたけど、申し訳ない気持ちでいっぱいになった。

第一章　すべてを無視することに決めました

少し体を休めたので、私は部屋を出る。ちょっと風に当たりたかったからだ。すると、そこで男の人と出会った。年は自分と近い。リリアンの記憶によると、どうやら兄らしい。

そういえば、悪役令嬢の兄も、攻略対象にいた覚えがある。妹の行いに辟易《へきえき》していて、女嫌いになっていたんだったかな。

「なんだ。もう起きたのか？」

心底嫌そうな顔で、そう聞いてくる。一生寝てろとでも言うの？

「起きたら悪いの？」

私も冷たく言い返す。兄は、ちょっと驚いていたが、すぐに持ち直した。

「お前のようなやつは、ずっと引きこもっていればいい」

「あっそう」

私はそれだけ言うと、兄の横を通りすぎようとする。

すると、ちょうどすれ違うタイミングで腕を掴《つか》まれた。

「その態度はなんだ！」

怒りを込めたような顔でそう聞いてくる。こういうときに、人間は逆に冷静になるというが、本当なんだな。

　実際のゲームの設定のリリアンは、お兄様お兄様って感じの人間だったけど、こんな風に暴力を振るうようなやつにおとなしく従うほど、私は素直な女じゃない。

「あなたにはこれで充分でしょう？　用がないなら、話しかけないでくれる？　――時間の無駄だから」

　後ろを向いて、軽く睨《にら》んでやると、さすがに少し体がすくんでいた。その隙に、私は掴《つか》んでいた手を振り払う。

　こんなリリアンは初めてなのだろう。でも、そんなのは関係ない。向こうが嫌っているのだから、わざわざ好かれようとする必要はない。のちに自分を公開処刑するようなやつの好感度をあげる必要なんてないのだ。

　私は、そのまま通路を進んでいく。使用人は、私の姿を見ると、すぐに道の脇にそれて、頭を下げた。

　その道中で、今度は父親に会った。

「起きたのか」

　父親に声をかけられたので、私はドレスの裾をつまんで、カーテシーをする。

「ごきげんよう、お父様」

　社交辞令のような挨拶を終えそのまま通りすぎようとすると、またもや腕を掴《つか》まれた。

　お前らは紳士さの欠片《かけら》もないな！　私をフッた元カレも、腕を掴《つか》んだりはしなかったぞ!?　お前らは、元カレ以下か！

「もう怪我はないか」

「ありません。では」

再び振り払おうとするが、年上で男のお父様にはかなわない。

本当に何の用なんだろうか？

怪我と言っていたが、そんなのを気にするのか？　確かに、私は怪我をした。誰かに押されたのだ。そして、石畳の上に倒れてしまい、運悪く頭を打ってしまった。

それで、脳震盪《のうしんとう》を起こしたのだろう。気を失ってしまった。

そんなわけなので、その犯人が誰なのがわからない以上、家族であったとしても、信用なんてできるわけがない。

「リリー」

そう呼ばれたが、返事は返さなかった。いつもは『リリアン』と呼ぶくせに、言うことに従わせたい場合はこんな呼び方をするのだ。

そんな風に呼ばれても、もうなんとも思わないのよ、お父様。

「放してください。痛いです」

そう言うと、少し力を緩めてくれた。その隙に、私は振り払おうとするが、父は放してくれなかった。

「私が何かしたか？」

本当に、何もわからないといった風に聞いてくる。

バカなの？　この人、公爵のくせに、何もわからないの？

私は、決して沸点が低い方ではないけど、さすがに腹が立つ。

でも、そんなおバカさんに素直に話すような私ではない。

「いいえ。何もしてないからです」

そう言うと、訳がわからないといった顔をした。そのときに、腕の力が弱まったので、今度こそ振り払った。

そのまま、私は庭に向かう。

実は、リリアンがわがままになったのには理由がある。公爵であるお父様は、公爵としては優秀だが、父親としては失格だ。子どもを駒としてしか見ていない。

私だって、今までリリアンが娘として見られていたかと聞かれると、ＮＯと答えるだろう。

母親はまだましな方だった。少なくとも、公爵令嬢としては見ていただろう。

つまりリリアンは、愛情に飢《う》えた子どもだったというわけだ。

家族仲は、かなり最悪だ。でも、わざわざ改善しようとは思わない。向こうが嫌うなら、こっちも嫌ってやる。向こうが駒だと思うなら、こっちも駒だと思ってやる。

目には目を歯には歯をというやつだ。私が仲良くするのは、マナだけでいい。それだけで、全然かまわない。

破滅回避《はめつかいひ》だってしてやらない。破滅回避《はめつかいひ》のために、攻略対象に媚《こび》を売らなくちゃいけないんじゃ、国外追放とか、領地に引っ込むとか、その方が千倍はましだ。

だから、ゲーム通りに動くつもりはない。ヒロインをいじめるつもりはないけど、仲良くするつもりもない。攻略対象と勝手に恋愛をしていればいいと思う。

噛ませ犬のような存在がいなければ成立しない恋愛なら、うまくいくはずがないのだから。

私は扉を開けて、外に出る。そして、ブラブラと散歩した。

木々が生えて、パッと見、草原だと間違えそうなくらいに広い庭。そんな場所で風に当たるのは、とても気持ち良かった。

「お嬢様……？」

ふと声が聞こえて、そちらの方に顔を向けると、たくさんの洗濯物が入ったかごを持ったマナがいた。

「マナ？　どうしたの？」

「こちらのセリフですよ。お嬢様こそどうされたんですか？」

「ちょっと風に当たりたくなってね」

私は少し微笑《ほほえ》みながら、マナに説明をした。すると、マナはボーッとしている。どうしたのだろうか？

「お嬢様でも、かわいく笑われるのですね！　人を見下すような笑いよりも、私は好きです！」

満面の笑みで、そのようなことを言った。正直すぎるところは直すべきだろうけど、こんな笑みでいいのであれば、いくらでもやってあげようか。

攻略対象のことは知らないが、マナには良くしてあげたかった。性格が最悪だったリリアンに、良くしてくれた存在なのだから。

「マナ、これからもよろしくね！」

私がそうやって笑いかけると、マナは一瞬、訳がわからないといった顔をしたが、すぐに笑顔で「はい！」と言った。


いよいよ入学式となった。私は制服に着替える。前世でいうと、ブレザーに似ている。白のシャツ（今は長袖）に女子は袖にフリルがついている。そして、その上に紺《こん》色のベストを着て、学年の色を表す赤い布リボンを結ぶ。

まぁ、日本で作られた乙女ゲームだからか、明らかに日本の制服をモチーフにしているのが丸わかりである。

でも、こんな制服を着ると、昔を思い出して、少し懐《なつ》かしくなった。

中学や高校では、生徒会長をやっていた関係で、よく服装チェックもしていたっけ。オシャレに敏感な子たちは、制服もいじってたから、それを見つけては注意していたなぁ。

そう思うと、少し身だしなみを整えたくなり、襟やリボンの形を直した。

「お嬢様。準備はよろしいでしょうか？」

「ええ。……お兄様は？」

一応聞いておこうと思ってたずねると、マナの顔が暗くなる。それだけで答えがわかった。

先に行ったんだろうな。お兄様とはあれ以降、まともに会話をしていない。もちろんすれ違ったら社交辞令的な挨拶は交わすが、それが終わると、向こうからどこかに行ってしまうのだ。

そちらの方が都合がいいので、こちらとしても全然かまわないのだが。

「もういいわ。どうせ、カイン様も来ていないんでしょう？」

「……はい」

やはりゲームの通り、婚約者は迎えには来ないようだった。これで決まった。もしも、婚約者を義務でも迎えに来るくらいの情があれば、こちらも婚約者として接するつもりだったけど、そんな必要はないと。

向こうが義務を無視するなら、こちらだって無視してやろう。勝手にヒロインと愛を育《はぐく》んでいればいい。

「マナ。行くわよ」

「はい。お嬢様」

マナは、学園では私の使用人としてついてきてくれる。向こうでは寮に入ることになるが、その間、世話をしてくれる使用人を連れてきてもかまわない。

理由は、貴族は自分のことは自分でできるという人が少ないからだ。まぁ、そうでなければ使用人なんて雇わないだろうし。

私は、この家の中で唯一信用できるマナを連れていくことにした。

学園生活でこんな窮屈《きゅうくつ》な家から抜け出せるというのに、使用人まで信用できないと胃薬が必要になってしまうから。

ちなみに、私を突き飛ばした人は、今でもわかっていない。向こうが何もしてこないなら、無視するだけだからかまわないけどね。


馬車に乗って、学園についた。ゲームで見た通りの光景だ。

私は馬車を降りる。マナも、私の荷物を持ってついてきてくれる。公爵家の令嬢である私が通るからか、みんなが道を空ける。でも、それは怯《おび》えのようなものからだというのはすぐに気がついた。

「ねぇ、あれが噂《うわさ》の……」

「ええ、カイン様の婚約者でしょう？」

そうやって、ヒソヒソと話す声が聞こえる。本人たちは隠しているつもりなのか、わざとなのかはわからないが、思ったよりもはっきりと聞こえている。

でも、いちいちそんなのを気にしていたら、やっていられない。ああ言うのは、下手に反応するとその反応を面白がったりするものなのだ。そんなことになれば今よりも面倒くさいことになる。

悪口くらい、いくらでも言わせてあげる。こちらに手だしとかしてくれれば容赦《ようしゃ》はしないけど。

私はまっすぐに入学式の会場に向かう。そして、空いていた席に座った。

ちなみに、席は自由のようだ。特に決まっている席はない。

もう友達ができているグループもあるようで、楽しそうにわいわい話している。それも、壇上に先生が立てば、すぐにおさまる。

先生は何やらぐだぐだと話し始める。お偉いさんの話が長いのは、全世界共通なのだろう。その上、少し薄暗い会場で、椅子が結構やわらかいという状態で聞きたいとも思わない長話をされると、どうしても眠たくなってしまう。

「ふわぁ……」

なんとか耐えていたが、ついにあくびをしてしまった。思わずそうしてしまうくらいに長いのだ。ゲームなら、オープニングの部分なので、すぐに飛ばせるのにね。

こういう状況になって改めて、スキップ機能は便利なんだなと気づいた。

「眠くなりますよね～」

そう言ってきたのは隣に座っていた女の子。ゲームでは登場していなかったように思える。モブですらない存在のようだ。

「こんな薄暗い場所で長々とつまらない話をするあの教師が悪いのよ」

せめて会場が明るければ、もう少し小話でも挟んでいれば、眠いなんて感じないはずだ。話がつまらないから、眠いと感じるのであって。

人間の三大欲求の一つだからね。睡眠欲は。

「ずいぶんはっきりとおっしゃるんですね」

「事実でしょう？」

「まぁ、そうかもしれませんけど」

私の話に同意しながら、クスクスと笑っている。この子とは気が合うかもしれない。彼女なら付き合ってもいいかな。

まぁ、裏がありそうな気もするけど。でも、そんなのは私も同じだ。人間なら隠し事の一つや二つはあるものだし。

「おい！　そこ！　ちゃんと話を聞け！」

明らかに四十メートルは離れていただろうに、壇上に立っている先生が、遠くから注意してきた。

声が聞こえていたとでもいうのだろうか？

だとしたら、地獄耳なんてレベルではない。

「す、すみません！」

「………」

隣の女の子はすぐに謝ったけど、私は謝らなかった。

話させたくないなら、話す気も起こさせないくらいに面白い話でもすればいいだけ。こんな話をしているなら、きっと自分たち以外にも話している存在がいるのであろうことは容易に想像できる。

それなのに、全面的にこちらが悪いと決めつけられるのはいかがなものか。

せめて、怒鳴らないで諭すように言ってくれれば謝る気も出てくるのに。

「おい。そこのお前」

先生は、明らかに私だけを見て言う。

「………」

「入学式が終わったら職員室まで来い！　いいな！」

「…………」

無視無視。壇上で騒ぐような人は無視が一番よ。そのまま、何やらギャーギャー言っていたが、入学式が進まないからか、他の先生に連れていかれて、なんとか式は再開。

入学式は、波乱だらけで幕を閉じた。


私は、そのまま寮に向かった。

本来なら、職員室に行かなければいけないのだろうけど、私は了承《りょうしょう》なんてしていないし、あんな教師の言うことに素直に従うのも、なんだか癪《しゃく》に障《さわ》るからね。

あんな風に人前で堂々と怒鳴られると、こっちも反発してしまいたくなるというものだ。

それに、隣の女の子はお咎《とが》めなしで、私だけ呼び出されるのも納得いかない。

「お嬢様、お荷物も片づけて、ベッドメイクもすんでおりますので、どうぞご自由に」

「ありがとう」

入学式が終わったら、あとは自由時間なので、学園でも見て回ろうかな。

そんな思いで、私は寮の外に出た。学園は、ゲームでは当然だけど一部しか映っていない。なので、舞台の裏側を見ているようで、ちょっとわくわくした。

乙女ゲームだからか、校舎の見た目は、ありきたりな高校みたいな感じだ。貴族が通うという設定のためか、装飾は豪華になっているけど、それ以外はまんま高校の校舎だった。

でも、普通の高校とは違う部分ももちろんある。

例えば、ビニールハウスみたいなのが見えた。まんまビニールを使っているわけではないだろうが、多分ガラスだ。

あそこは温室的な場所なのだろう。園芸を趣味とする貴族令嬢もいるだろうし、そんな人のために立てられたものかもしれない。

しばらく歩いているうちに、噴水が見えてくる。ゲームに出てきた噴水だ。突き落としイベントで出てきたような気がする。リリアンがやっていた悪事は悪口だけだから、その突き落としをしたのは、他のモブの悪役だ。名前は知らないけど。

リリアンは、不幸な役目だったように思える。やってもいない悪事も濡《ぬ》れ衣《ぎぬ》を着せられたりもするのだから。ヒロインはそれを知っているはずなのに、震えるだけなのだ。

それなら、ヒロインも同罪なんじゃないだろうか？　そもそも、悪口を言われたくらいで泣いたりしていたら、貴族社会ではやっていけないのは、元日本人の私でもわかる。悪口を言われても、軽くあしらうくらいはできないと、生き残っていけないのだ。

休憩がてら、噴水に腰かけていると、足音が聞こえる。そちらの方に目を向けると、見覚えのある顔が見えた。

「あら、お兄様。どうされましたか？」

「……お前、呼ばれたくせに行ってないのか？」

多分、入学式の件だろうけど、確信はないのでとりあえず微笑《ほほえ》んでおく。

というか、こいつはなんで入学式の出来事を知ってるんだ？

「あんな公《おおやけ》の場で感情のままに呼び出すような人の言うことに従いたくはありませんので。では」

せっかく休憩していたのにと思いながら、私は立ち上がる。

そして、さっき見えた温室的な場所にでも行ってみようと、足を上げた。

そのとき、一瞬腕を掴《つか》まれたが、私が睨《にら》むとすぐに離し、「ちょっと待ってくれ」と言われた。

「何ですか？　ご用なら手短にお願いします」

「なんでそんなに避けるんだ？」

避けてるのはお前の方だろと言いたくなったけど、それは喉元で止めて、理由を話す。

「あなたと関わるのが時間の無駄ですので」

だって、嫌いな人の好感度をあげるのに時間を使うくらいなら、のんびりお昼寝するのに費《つい》やす方が有意義というものだ。

それか、あの女の子と友達になるのに使うか。その方が本当にましだと思う。

もう用件には答えたのだからと、私はその場を立ち去った。今度は、止められるようなことはなかった。

どこかにのんびりできるような場所はないかと探していると、目の前に見覚えのある存在が映る。

あのときの、隣に座っていた女子生徒だ。

「あ、あのときの」

「あっ。お隣になりましたよね！　私はモニカって言うんです」

「私は、リリアン・ベルテルクよ」

私が自己紹介すると、向こうは心底驚いたような顔をする。

「えっ!?　ベルテルク公爵家のお嬢様ですか!?」

「そうね」

もしかして、悪名が広まっているせいで、私に怯《おび》えているのかと思ったが、すぐに顔が輝き出した。

「すごいです！　名家のお嬢様なんて！　きっと良いものをたくさん持っているんだろうなぁ……！」

「まぁ、公爵家の令嬢として恥ずかしくないレベルには持ってるわね」

ベストの内側に着ているシャツだって、平民では買えないレベルだ。わがまま放題だった娘にも、お金はかけてくれるらしい。

「見せてください！　見てみたいです！」

「いいの？　私に関われば、あなたも変な目で見られるわよ？」

別に、自分が変な目で見られるのはかまわない。無視すれば全然気にならないから。でも、まったく関係のない赤の他人を巻き込みたいとは思わない。

そこまで人でなしではないつもりだ。

「別にかまいませんよ。それよりも、私はリリアン様の持っているものを見たいんです！」

「なんでそんなに見たがるのよ」

私の持っている高級なものを見ることができるなら、悪評も関係ないとまで言いきるなんて、どう考えても普通ではない。

「実は私、商家《しょうか》の娘なんです。なので、高級なものはつい食指《しょくし》が動いてしまって……すみません」

私が指摘すると、とたんに勢いがなくなって、低姿勢になった。そして、さっきまでの興奮はどこに行ったのだろうと思えるくらいに、テンションが下がっていた。

「いえ、見たいのなら、今から見に来る？」

「えっ⁉　本当ですか⁉」

私が見に来るかと提案すると、さっきまで沈んでいた顔が、とたんに輝き出した。

こんなにわかりやすい子は初めて見た。商家《しょうか》の娘なら、こんなに喜怒哀楽《きどあいらく》が激しいのはどうかと思うのだけど……

それでも、こんな裏表のない彼女は、信用という面では問題ない。

ただ……悪意も感じるといえば感じている。信用はできても、信頼まではできない。でも、悪意がまったくない人間なんていないだろう。それに、隠しているつもりもなさそうだし、そこまで問題ではないと思う。問題が起きないように、少し距離を置いて付き合えばいいだろう。

学園では、この子と過ごすだけでいいかもしれないな。

「それじゃあ、行きましょうか」

「はい！」

私が歩き始めると、すごくうれしそうな顔をしてついてくる。それを見ると、私も少しだけうれしい気持ちになった。

向こうは私のことをどう思ってくれているのかわからないけど、顔見知り以上にはなっていたらいいなと、密かに思っていた。


モニカちゃんを連れて、寮に戻ってきた。

戻ってきたとき、マナが出迎えてくれる。

マナは、隣にいるモニカちゃんに少しばかり驚いているようだけど、使用人としてのプロ意識があったのか、すぐに普通の表情に戻った。さすがだ。

「お帰りなさいませ。……そちらの方は？」

「入学式で隣だった子。名前はモニカさんよ」

私がモニカちゃんを紹介すると、モニカちゃんは「初めまして」と言って、ペコリと頭を下げる。

「お茶を用意して」

「かしこまりました」

マナは頭を下げて、部屋を出ていく。

部屋に来たモニカちゃんは、さっきよりも目を輝かせていた。

「わぁー、すごいです！　どれも高価な物ばかり……！」

あわあわしながら、家具に近づく。でも、高価な物は怖いのか、近づくだけで触ったりはしない。

自分も、本来なら向こう側の立場なのだろうが、日本人としての私の意識が強いとはいえ、リリアンの記憶と混じっているので、高価な物を見てもそこまで驚きも抵抗感もない。

モニカちゃんの様子を見ていると、ドアをコンコンとノックする音が聞こえる。

「お嬢様。お茶をお持ちしました」

「入って」

私が入室の許可を出すと、「失礼します」と言って、マナが入ってきた。

そして、机にティーカップを置いて、お茶を淹れ出す。

「モニカさん。お茶が入ったから飲まない？」

「えっ、あっ、はい！」

完全に周りが見えていなかったようで、私に声をかけられたとたん、慌てて返事をした。

私がソファに座ると、モニカちゃんは少し戸惑いながらも席についた。

私が紅茶を飲むと、モニカちゃんも一口飲む。そして、「わあっ！」と驚きの声をあげた。

「ダージリンですね！　ここまでおいしいのは初めて飲みました！」

「あら、わかるの？」

私は全然わからないのに。ダージリンという品種は、私も聞いたことがある。結構有名な紅茶だったはずだ。

前世と同じなのかは、飲んだことがないからわからないけど。

「紅茶のシャンパンと呼ばれていて、両親が好きだったので、私もよく飲んでいたんですよ！　それに、うちの家はお貴族様のお家にお茶も卸《おろ》してますから！　味で判別するなんて朝飯前です！」

モニカちゃんは、えっへんと胸を張る。

貴族の家と取引があるのは、確かにすごいことだろう。それだけ、モニカちゃんの商家《しょうか》が、信用に値するということだ。

「それよりも！　ここにあるものすべてがすごいですね！　さすが公爵家のお嬢様の部屋です！　どこのブランドですか!?」

「私も詳しくは知らないのだけど、フェンネル……とか言ってたかしら？」

自分が知らないことは、リリアンの記憶を探るしかないのだが、リリアンは、高ければ別にかまわないという性格で、どこのブランドなのかとかは、あまり聞いていなかった。

「フェンネルって最高級ブランドですよ！　すごいです！　私もお店に行ってみたいです！」

今にも騒ぎ出しそうな勢いで早口になり始めた。このままだと、一人だけお祭り騒ぎになりそう。

それはそれとして、私も直接行ったことはない。貴族は、買いに行くようなことはしない。商品から、来てもらうのだ。

来てくれない商品は、使用人が買いに行く。そんな感じなので、貴族は街を出歩くことは、滅多なことがない限りはあり得ない。

あるとしたら、いわゆるウィンドウショッピングくらいだろう。

「行きたいのなら、次のお休みに行ってみる？」

「えっ！　あそこは、一見《いちげん》さんお断りを謳《うた》っているんですよ？」

あり得ないという表情でありながらも、その目には期待の眼差しが見え隠れしている。

こんなに素直で、商家《しょうか》の娘としてやっていけるのだろうかと少し不安になった。

「その店を利用している客でもある、公爵令嬢の私をそう簡単に追い出せる店があるなら知りたいわね」

ここは、完全な階級社会だ。公爵令嬢として、高い身分を持っていると、義務も多いが、その分権利も多い。多少の便宜《べんぎ》ははかってくれるはずだ。

そのお店に貢献していないならまだしも、ここの家具のほとんどは家から持ち込んだもので、フェンネルのものだ。お得意様ともいえるような客を店に来たことがないからという理由で追い出すとは思えない。

「それじゃあ、今度のお休みに行きましょう！　絶対！　絶対ですからね!!」

もう不安はなくなったとばかりに、まるで餌《えさ》に食いつくうえた獣のように詰《つ》め寄ってきた。

確かには庶民《しょみん》からしたらすごいことなのかもしれないけど、そこまで興奮することはないのではないかとも思ってしまう。

「そうね。授業を受けたあとに、その元気が残っていればの話だけど」

私がからかうようにそう言うと、急に落ち込んでしまった。

私と似たタイプだとは思っていたけど、勉強も苦手な傾向にあるようだ。私も、勉強は苦手……ではないけど、好きではない。どちらかといえば、嫌いな方に入る。

勉強が好きだーという人は、少数派だろう。自由に過ごせるのなら、ほとんどの人が遊んで過ごすと思う。

「リリアン様！　勉強を教えてください！」

「いや、まだ教科書すらないんだけど？」

内容も知らない授業を、どうやって教えろというのだ。わざわざ乙女ゲームに授業内容なんか出てこなかったし。

「大丈夫です！　明日は魔法の授業というのは知っています！」

「どこ情報よ」

「ここに教師として勤めている叔父から聞きました！」

「えっ!?　身内がいるの!?」

てっきり、商家《しょうか》の情報網か何かだと思っていたので、内部に身内がいるとは思わなかった。

「いますよー？　アレクシウスお兄様です！」

それを聞いて、私は飲んでいた紅茶を吹き出しそうだった。

アレクシウスは、隠しルートの攻略対象だからだ。いわゆる、攻略対象を全部攻略したあとに入る、隠しキャラというものだ。

私はプレイもしていないし、プレイ画面も見ていないので、友人から聞いただけだけど、攻略難易度は高めだそうだ。

そしてアレクシウスには、年の近い姪《めい》っ子がいて、その人をはじめに親友と呼べるくらいに仲良くならないと攻略できないと、友人から聞いた覚えがある。

つまり、目の前にいる存在は、ゴリッゴリに乙女ゲームと関わっている。モブどころか、サブキャラの扱いだ。

しかも、なんかそのサブキャラには裏設定的なのがあったような気もする。私は乙女ゲームの共通ルートまでという、序盤も序盤までしか見てないし、それ以降のルートについては、友人から聞いただけだからあまり覚えていないけど。

今度は私の気持ちが沈んだ。絶対に面倒くさいことになりそうだからだ。

サブキャラであるモニカちゃんもだけど、その攻略対象にも裏があるのかと思うと……

願わくば、その人に深く関わらないのを祈るばかりだった。


翌日。内容は、本当に魔法の授業だった。どうやら、モニカちゃんの身内が乙女ゲームの隠しキャラである教師というのは、本当のようだ。

それがはっきりしてちょこっとだけ気持ちが沈んだけど。だって、嫌だし。これでモニカちゃんに裏があるかもしれないというのが確信めいてきたし。

授業といっても、教科書などは必要ない。というか、魔法の授業で座学はほとんどない。大抵が実技だから。今日は、魔法を使うための訓練。

でも私は、ゲームのフライングで知っている。共通ルートに魔法の使い方についての描写があったから。ちなみに、これは一年生が全員で行うことなので、彼女がいる。乙女ゲームのヒロインだ。

まぁ、私にとっては、攻略対象もヒロインもモブもどうでもいい存在だけど。

サブキャラだって、モニカちゃん以外は本当にどうでもいい。仲良くしようとしてくれるなら仲良くする。嫌うんならこっちも嫌う。それだけのこと。

……まぁ、モニカちゃんもちょっと付き合い方を考え始めているけど……そこは、これからのモニカちゃんの態度で決めるとしよう。

「リリアン様ー！」

遠くから私を呼ぶ声がして、そちらの方を見ると、モニカちゃんがこちらに走ってきていた。

「モニカさん」

「リリアン様！　一緒にやりません？」

「一緒に？」

別に、これは一人でも全然できることだ。わざわざ一緒にやる必要はない。

ということは、おそらく――

「あなた、できないの？」

「うっ！」

図星だったようで、一瞬うめき声をあげながら、石像のようになった。

これは、できる人なら全然一人でも余裕でできるのだ。なぜなら、魔力を循環《じゅんかん》させるだけだから。

いわゆる、血液のような感じだ。体全体に循環《じゅんかん》させればいい。

でも、それができない人は、そのイメージが掴《つか》めないということになる。あとは、感覚に頼るしかない。

それには、他人から魔力を通してもらう必要がある。

「リ、リリアン様はできるんですか!?」

図星をつかれて恥ずかしいのか怒っているのか、やけくそのように私にたずねてきた。

「できるわよ？」

私は体の内部の構造を頭に浮かべる。内臓や筋肉、骨の位置まで。そして、血管に血液を流すように、魔力を循環《じゅんかん》させる。

そして、私は右手に水の球を生み出した。

「ほら」

「なんでできちゃうんですか!!」

「何よ！　できてほしくなかったみたいに！」

さすがに理不尽《りふじん》でしょ！　私が落ちこぼれだとうれしかったのか？　毒舌《どくぜつ》会長と呼ばれた私もそこまでは言わなかったわ！

ちなみに毒舌《どくぜつ》会長とは、私が小・中・高と生徒会長（小学生は児童会長）をやっていたのだけど、私が何度言ってもやれない人に厳しく言っていたからついたあだ名だ。

下手したら、パワハラになりそうな言動をしていたので、毒舌《どくぜつ》と呼ばれるのは当然かもしれない。でも、ところかまわず怒鳴っていたわけではない。ちゃんと一対一で叱《しか》っていたし、褒めるときはちゃんと褒めていた。

大した実力もないくせに威張っているようなやつらをけなしていただけだ。

ほら、公《おおやけ》の場で責任をこっちだけに押しつけるようなあの先生とか……

「おい、お前！」

そんなことを考えていたら、めちゃくちゃ聞き覚えのある声が聞こえる。

でも、先ほどのように視線を向けたりはしない。

「それじゃあ、モニカさん。コツを教えてあげるから、手を出して」

私はそう言うものの、モニカちゃんは手を出さずに、後ろを気にする。

「あの、呼んでるみたいですけど……？」

「呼ばれてないわよ。私はお前なんて名前じゃないもの。ほら、手を出して」

せっかく教えようとしているのに、手を出さない。

そんなに後ろが気になる？　銅像とでも思っていればいいと思うわよ？

「無視するな！　そこのお前だ」

「まずは、魔力を循環《じゅんかん》させないと、魔法は使えないのよ」

無視を続けていたら、思いきり肩を掴《つか》まれた。おいおい。現代日本じゃ、これは立派な体罰だぞ。

「おい！」

「何ですか」

私は、嫌々を隠しもせず、仕方なく振り向いた。

「お前、なんで昨日来なかったんだ」

「あなたが勝手に言っただけでしょう？　了承《りょうしょう》した覚えがありませんもの」

そう。向こうが一方的に言ってきただけであって、私は了承《りょうしょう》していない。だから、行かなかったただけだ。最初から行くつもりもなかったけど。

「お前が騒ぎたてるからだろ。さすが公爵家のお嬢様だ」

「私が騒いでいることに、公爵家のお嬢様かどうかなんて関係ありませんし、あなたの話がつまらなさすぎるうえに、長すぎるからですわ」

　真面目な話は、できるだけ短く終わらせる方がいいのだ。どうしても長くなるなら、小話を挟んだ方がいい。それか、少し休息をとらせるか。そんな努力もせずに、話を聞いていなかったとか言われても無理という話だ。

　それに、全部が必要あることならいいけど、ただ引き伸ばしているだけのペラッペラな内容だったしね。なら短くしとけと思うのは私だけではないはずだ。

「どうしても話したいのなら、今どうぞ。私は、あなたのように暇《ひま》ではないので」

　私が冷たく言うと、周りがクスクス笑い出している。

　モニカちゃんは顔を青くしてアワアワしているけど。

　笑われたことに腹が立ったのか、その教師はゆでダコのように真っ赤になった。

　そして、おそらく完全に怒りに身を任せていたのだろう。私は、思いきり頬を叩かれた。

　その場には、パァンという大きな音が響く。結構強く叩かれたので、私はその場に倒れてしまった。

　私は、これにはさすがに驚いた。貴族の通う学園に、暴力に訴える教師がいるなんて思わなかったから。

「公爵家だろうが、お前が生徒である限り、教師の方が上なんだよ！」

「そうですか」

私はそれだけ言うと、立ち上がって、モニカちゃんの方を見る。

「さて、さっきの続きをやろうか」

「そ、その前に、医務室に行った方が……」

私の赤くなった頬を気にしているようだ。確かに見た目は痛々しいけどちょっとじんじんするだけなんだよね。

前世ではいろいろあったから、こんな怪我は慣れっこなので、何の問題もない。

「平気よ。蚊が留まったようなものだから。先生も、用がないのなら、もう帰ってくださりませんか？　――授業中なんで」

少し睨《にら》みを利かせながら、私は冷たくそう言った。それには、少しだけ敵意もこもっていただろう。

きっと、生粋の貴族令嬢なら、暴力を振るわれたら、癇癪《かんしゃく》を起こすか、泣き出すかのどちらかだったのだろう。その教師は、心底驚いた様子で自分を見ていた。

まぁ、私は生粋の貴族令嬢ではありませんし。こいつは、いわゆるチンピラだ。前世でチンピラどころではない、いわゆる本物に会ったことがある私にとっては、子犬がキャンキャン吠《ほ》えているようなものである。

「そ、その態度はなんだ！」

「あなたにはこれで充分ですから。説教したいならどうぞご自由に。用がないならお帰りください」

「……っ！」

さっきまで自分が優位だと思っていたのに、急に突き落とされたような気分になったのだろう。何も言えなくなっている。

恥ずかしくなったのか、「チッ！」と舌打ちして、どこかに行ってしまった。

それくらいで立ち去るなら、私に楯突《たてつ》かなければ良かったのにね。

邪魔《じゃま》者が消えたところで、授業が再開される。私も、モニカちゃんに教えるのを続行した。

「じゃあ、今から魔力を通すから」

私が手を差し出すと、手を乗せてくる。

「は、はい……」

緊張しているような感じだ。私に乗せている手も、少し震えている。

私は、ゆっくりと魔力を流し始めた。右手からモニカちゃんの魔力を押し出すように。すると、左手から、モニカちゃんの魔力が流れ込んでくる。

「うん……」

変な感覚があったのか、少し惚《ほう》けたような顔をしてうめき声をあげる。

やめてくれ。それをされると、私のSな性格が目覚めそうなんだよ。がんばって抑えるけど。

「はい。これでどう？」

「はい。なんとなくわかった気がします！」

彼女はそう言うと、目を閉じて集中し始める。そして、手のひらにろうそくくらいの火を生み出した。どうやら、モニカちゃんは火魔法が使えるらしい。

「やった！　できましたよ！　リリアン様！」

「それじゃあ、あとは自主トレしていればいいんじゃない？」

私は、土属性の練習もしたいので、ここでモニカちゃんとの練習イベントを放棄した。先ほどは水を生み出したが、土属性なら、石とかを生み出せるはずだ。

そう思って、水を生み出したときと同じように、魔力を循環《じゅんかん》させる。そして、とりあえず地面に向けてみた。さらに手を上にあげていく。それに沿うように土壁ができる。

最初は土ボコだったけど、だんだんと砂が積み上がって壁になっていく。

(あれ……？)

私は混乱した。だって、リリアンの記憶では、土を少し盛り上げるくらいしかできなかったはずなのだ。こんな壁はできなかった。

何が起きたのか、全然わからない。私は頭をフル回転させて考えた。ゲームのリリアンと違うのはどこだ……？

そして、一つの考えにたどり着く。——私だ。当然ながら、リリアンに転生者という設定はない。でも、私と何の関係があるのか。そう考えて、ゲームの裏設定を思い出した。

友人がものすごく自慢するように言っていたのを。

『魔法は、魂と因果関係があるから、生まれたときから使える属性が決まっている。魔力を持たないのは稀であるが、適性を持たない者は少なくない……だって！　深いね～』

あのとき、自分はそんなに深いか？　と思っていたような気がするが、この設定が本当なら、もしかしたら、〝リリアン〟ではなく、〝私〟が、適性のない魔力を持っていたということになる。

でも、それだとちょっとした矛盾《むじゅん》が生じる。魂と因果関係があるのなら、私の魂が〝リリアン〟の体に宿っていることになる。そうなると、〝転生〟ではなく、〝憑依《ひょうい》〟なんじゃないだろうか。それに適性がないなら、魔法が使えなくなっているはずだ。魔道具という、魔力を動力源とする道具なら使えるだろうが、自分で魔法を使うことはできなかったはず。

そして、リリアンの記憶もないはずだ。リリアンの記憶があって、魔法も使えて、それでいて私の魂が存在する……そんな奇妙なことがあるのだろうか。

思えば、転生する直前もおかしかった。いくらフラれたからとはいって、別にショックを受けたりとか、そこまで精神が不安定になっていたわけではない。体調も悪かったわけではない。それなのに、目の前が暗くなったのだ。当然ながら、目を閉じた覚えもない。

あれは、急に力が抜けて、その場に倒れ込んだ感覚……

「あの……リリアン様？」

後ろからモニカの声が聞こえて、はっと我に返る。そうだ。自分が生まれ変わったとか、なんで強い魔法が使えるかとかよりも、まずはこの目の前の土壁をどうにかしなければならない。

魔力で上にあげたのだから、逆に下げることもできるだろう。いや、砂にした方が一瞬でなくなるかも？　そんな思いで、同じような要領で、土壁を砂にして無くした。

「どうしたの？」

「いや、その魔法のことなんですけど……」

「魔法？　誰かが使っていたのかしら？」

私は、辺りをキョロキョロと見渡す。周りは、こちらを見ているだけで、誰も魔法を使っていない。

「いや、リリアン様が……」

「私は水を生み出すのと、土を少し盛り上げるくらいしかできないわ」

「いや、絶対に……」

「絶対に？」

私は、モニカちゃんの言葉を笑顔で繰り返す。

「リリアン様……ではない、と……思います……」

「ほらね。誰なのよ、一体」

私がそう言うと周りがシーンとして、こそこそと話し出す。

言いたいだけ言え。こっちだってまだ理解はできていないんだ。せめて、この現象を解明してから、こんな魔法が使えるんですよーと言いたいのだ。

そんな発動条件とかもよくわかっていないのに、できますよなんて言ったら、面倒事になる可能性がある。

――そう思って、秘密にしていたのに、なんでこんなことになったんだか。

教科書ももらって、寮の部屋に戻ろうというときに、その存在は現れた。

「リリアン」

名前を呼ばれてしまったので、一応視線は声の方を向ける。

そこには、一番会いたくなかった存在がいた。

私は、思わず顔を歪《ゆが》めてしまう。

「何の用ですか？　カイン様」

私はおそらく、今までで一番冷たい視線を向けているだろう。だって、会いたくないもん。自分を嫌いなやつと会いたい物好きはなかなかいないだろう。

まぁ、仕事とかの関係で会わないといけないみたいなのはあるかもしれないけど。なので、私も義務のお茶会などには一応出たりするかなと思わなくもない。

それでこっちが有責《ゆうせき》になったら嫌だし。

「用がなくては話しかけてはいけないのか？」

「用がないときに話しかけたことがありましたか？」

少しイライラしながらも冷たく言い返す。

少なくとも、リリアンの記憶にはまったくないのだ。婚約者との交流と、パートナーとして社交界に出るとき以外に、話しかけられた覚えが。

そんな人に用がなければダメなのか？　と言われたら腹が立つ。

「用がなさそうなので、失礼します」

早くベッドインしたい。あの教師の相手をして疲れたんだよ。

まぁ、いくら私が生徒とはいえ、公爵令嬢に暴力を振るうような教師は、懲戒免職《ちょうかいめんしょく》になりそうだけど（使い方合ってるのか知らないけど）。

目撃者も大勢いるだろうし、学園も揉《も》み消すのは不可能だろうからね。公爵家に牙を剥《む》かれるくらいなら、教師を切り捨てるんじゃないかな？

まぁ、あんな邪魔《じゃま》者はさておき、この第二の邪魔《じゃま》者をどうやって対処するかな。

無視してきたのだから無視し返せばいいかもしれないけど……こういう感情任せにならない冷静なキャラは、無視するだけでは堪《こた》えることはほとんどないのだ。

「待て。用ならある」

なら、さっさと話せよ。

「では、手短に願います。早く戻りたいものですから」

お前が話しかけてくるから、仕方なく相手してやってるのだ。あの教師みたいに長々と話されるのは困る。

……まぁ、話していた私もちょっぴりは悪いかもしれないけど、公爵令嬢にあの態度が許される理由にはならないだろう。

「近いうちに新入生歓迎パーティーがあるだろう」

「あぁ、そんなものもありましたね」

ゲームだと、重要イベントで出てきた覚えがある。一気に好感度があがるものだ。ゲームでのカインは、何かしらの用事があって、リリアンが一人で参加していたような気がする。

ちなみに、入学式からだいたい一カ月後なので、まだまだ先である。

それなりに間が空いているのは、パーティーは準備に時間がかかるというのと、新入生が学校生活に慣れるまでの時間をとっているからだ。

入学してすぐにパーティーなんて、貴族は喜びそうではあるけど、特待生入学している平民は冗談じゃないと思うだろう。

まだ貴族に対してどのように接するのが正解かだとか、マナーはどうすればいいのかなどがわからない人だっているかもしれないしね。

「それのエスコートはできない……ですか？」

私がそう言うと、図星をつかれたのか、少し動揺している。

これはゲーム通りのようだ。

ゲームでも、高確率でエスコートはしていなかった。

「あぁそうだ。父上に前日から領地に呼ばれていてな。そもそも学園にいないんだ」

カインのホーステン領は、隣国と接している。

その関係で、いろいろな厄介事《やっかいごと》が持ち込まれる。

隣国とは、お世辞にも仲が良いとは言えない……らしい。

らしいというのは、リリアンはそんなことをろくに勉強していなかったので、うろ覚えでしかないからだ。

令嬢の噂《うわさ》話で判断するしかないのである。

そして、隣国と仲が悪いというのは、犬猿の仲とかそういうわけではなく、向こうが勝手に喧嘩を吹っ掛けてきているだけなのだとか。

こっちは、はいはいと大人の対応をしているそう。

話を戻すけど、優秀な魔法使いであるカインは、何か有事があるたびに呼び出されていた。学園の生徒ではあるものの、そのような有事の場合には休むことは許される。

国の危機に、学生は勉強が〜なんて言えないからね。

だからこそ、この攻略対象が一番難しいと言われている。

友人に聞いたところ、恋愛イベントすらランダムなのだそう。そこですべて正解を選択しなければ、ハッピーエンドにはならないくらい。

だからこそ、ハッピーエンドまでのルートが一番多いとも言われているらしいけども。

「何かあったのですか？　隣国との関係が悪化したのなら、すぐにでも対処に向かうでしょうし、他に……」

「それはすまないが、部外者の君に話すわけにはいかない。用はこれだけだから失礼する」

私が立ち去る前に、向こうから立ち去ってしまった。

部外者ってさぁ……一応婚約者なんだけど？　部外者ではないだろうに。だからといって、絶対に知りたいわけでもないんだけど。

まぁ、「隣国」という言葉をはっきりと否定も肯定もしなかったということは、隣国は関係ないんだろうな。

それ以外に、カインが呼び戻される理由……あぁ、スタンピードか。この世界では魔物が集団で襲ってくるスタンピードというものが時折発生する。まぁ、何も言わなかったってことは、そこまで大きなものではないのだろう。

それならまあいいか。もし大きなものだったら、近くにベルテン領もあるから、被害が心配だったけど。まぁ、ホーステン領の領民も、不安といったら不安だけどね。まぁ、死人は出ないだろう。小規模なスタンピードで死人が出たなんて聞いたこともないし。

まぁ、向こうが関わってこないなら都合がいい。のんびりと部屋で寝るとしますかね。


学園に入学して最初のお休み。

約束通り、私はモニカちゃんとお出かけしている。授業が始まっても、その元気はなんとか残っていたようだ。

そして、これまた約束通り、フェンネルに来た。一見《いちげん》さんお断りと聞いていたが、名前を言えば問題なく入店できた。フェンネルはいわゆる名義貸しのような感じで、家具の他にも、服や雑貨などもある。

見た目、品質、材質、価値などで、フェンネルの冠をつけるのにふさわしいものには、ブランド名が与えられる。なので、同じお店が作っていても、フェンネルのお眼鏡に適《かな》わなければ、そのブランド名はもらえないのだ。

だからこそ、フェンネルという冠をもらうことを、目標としているお店もあるそうな。

ちなみにこれは、道中でモニカちゃんがマシンガントークで説明してくれたこと。授業の疲れなんか知らないというくらいの興奮状態で話してくれた。

申し訳ないけど、ちょっと引いてしまうくらいに。

まぁそんなわけで、フェンネルには、本当にいろいろなものが置かれている。フリマが一つのお店の中にあるみたいな感じだ。

「リリアン様！　かわいいのがありますよー！」

モニカちゃんが私に手を振りながらそう言ってくるので、私もそちらの方に行ってみると、確かに、シンプルなデザインでかわいらしいネックレスがある。

チェーンの中間には、丸い形の……サファイアかな？　そんな青い宝石がついているだけのデザイン。

シンプル・ザ・ベストというのは、これを表しているようなものだ。女性なら、誰にでも似合いそうなデザインだった。

「これが欲しいの？」

私がそう聞くと、モニカちゃんは見るからに落ち込んだ。

「高くて買えませんよ……」

そう言われて、私は今の今まで値段を確認していなかったことを思い出して、値札を見る。

……ゼロ何個ついてるんだ？　これ。そう思いながらも、数えていくと、一千万リタとわかった。

ちなみに、単位が変わっているだけで、これは一千万円ということだ。

うん、高いわ！　こんなシンプルなデザインで一千万⁉　五万くらいだろどう見ても！　どんなに高く見積もっても、百万円以下にはなるだろ！

でも、フェンネルが認めたのだから、この値段が詐欺《さぎ》なはずはない。フェンネルは、王家お抱えのブランドなので、裏取引などは成立しない。だって、お店に並べる前に、王家に献上《けんじょう》しなければならないから。アクセサリーとか、一点物は見せるだけだけどね。王家の顔に泥を塗るわけにはいかないので、しっかりと鑑定したりするのだとか。

王家に隠していても、定期的に抜き打ち検査みたいなのがあるので、不正はリスクが高すぎる。

ちなみに、これもモニカちゃん情報。モニカちゃんの知らない情報はあるのか？　と思いたくなるくらいには情報通だ。商家《しょうか》の娘なら、これが普通なのかもしれないけど。

ちょっと、店員さんに聞いてみる。

「これ、なんでこんなに高いの？」

この後《あと》の言葉を聞いて、私は混乱することになる。

「それは、ブルーダイヤモンドを使っている魔道具だからです」

ちょっと待って？　今、何て言った？　ブルーダイヤモンド？　魔道具？　えっ？　ちょ、待って？

私の記憶に間違いがなければ、前世ではブルーダイヤモンドはめちゃくちゃ貴重だったよ？　見られたら奇跡とかそうやって言われる時代もあったって聞いたよ？

それに、さらに魔道具の効果もあんの？　発火するだけの魔道具一個で平民の一カ月の給金半分くらいらしいからね。

そりゃあ、一千万もするよね。うん。してもおかしくないわ。

「お買い上げになりますか？」

魔道具がどんなものかは気になるし、買ってみようかな。

「お願いするわ。モニカさんはどうするの？」

「えっ!?　いや、私はお店に入れただけでも満足ですので……！」

「入学祝いに何か買ってあげるわよ？」

公爵令嬢だから、金なら掃いて捨てるほどあるんだよ。公爵令嬢としてふさわしい？　と言ったらおかしいかもしれないけど、それくらいの金額はもらっている。

「じゃあこれで！」

おごりだと言った瞬間に、急に元気になった。商家《しょうか》の娘なだけあって、現金な性格のようだ。

しかも、きっちりと——ブルーダイヤモンドのネックレスほどではないけど——高価な物を指定してきた。

それを見て、私はモニカちゃんに疑いの目を向ける。

「……あなた、これを待ってたんじゃないわよね？」

出会ったときに感じた悪意は、私がお金持ちだと知ってのことだろうか。

「な、何のことでしょうか？」

目を泳がせている。態度も明らかに動揺している。これは、図星だな。

まぁ、買ってあげると言ってしまった手前、やっぱり無理とは言えないのが、私のプライドだ。

調子に乗ってさらに要求してくるようなら、さっさと縁を切ってしまえばいい。

「それじゃあ、千二十万リタ。これでお願い」

私は、懐《ふところ》からカードを取り出す。ノーマイルカードと言って、これはクレジットカードのようなものだ。いや、デビットカードの方が近いかもしれない。ここにはお金が登録してあって、専用の道具で読み取ると、支払いができるのだ。

仕組みは知らない。知ろうとも思わないけど。乙女ゲームの世界だから、そういうものなんだと思って使っている。ちなみに現金が欲しいときは、このカードを月の初めに銀行的なところに持っていけば、現金と交換してくれるそうだ。

……うん？　どこ情報だって？　もともとリリアンが知っていた……のと、モニカちゃん情報です。お金の心配をされたとき、これで払うからと言ったら、こんな感じのことをうんちくのように語り出したの。

「承《うけたまわ》りました」

店員はそう言って、専用の道具で読み取ると、私にカードを返却した。

結構便利だよね。お財布が軽くてすむ。ちなみに、支払うときに本人確認として、魔力を通す必要があるので、不正利用などもできない。考えられてるよなぁ。

「そんなにポンと払えるなんて、そのノーマイルカードにいくら入ってるんですか……？」

「……月に三千万くらい？」

なので、もう半分くらい使ったことになるんだよなぁ。節約していかないと。

あっ、お金を入れるだけなら、魔力を通さなくてもできるのよ。どうやってるかなんて、深くは考えてないけど。父親が入れてくれてるみたい。公爵令嬢として恥ずかしくないようにとか言ってたかな。

「さ、さっさささ……」

〝さ〟を繰り返して、何も言えなくなっていた。

公爵家なら普通じゃないの？　と思ったが、モニカちゃんは平民だったのを思い出した。

あぁ、うん。毎年三億くらいになるから、宝くじが当たっているようなものだもんね。そりゃ驚くか。

これから、平民の前ではちょっと控えておこうかなと思った休日だった。


そんなわけで、ブルーダイヤモンドは、贅沢《ぜいたく》かもしれないけど、お守り代わりにして、寮に戻ってきた。

そして、のんびりと惰眠《だみん》を貪《むさぼ》っていると、マナがドアをノックして入ってくる。ノックも形式的な感じで、私の返事も聞かずに入ってきた。

「お嬢様！」

息を切らして入ってきたので、私も何事かと思い始める。

「何よ」

「あの……旦那様からのお手紙が来ておりますが……あっ、危険物でないのは確認済みです！」

そう言われたので、私は手紙を受け取って中を見る。それに書いてあることを要約すると、こうだった。

魔法の威力が上がったと聞く。スタンピードが大規模になりそうだから、領地に来い。

おい！　よりによってお父様にチクりやがったの誰だこのやろう！　あの人は、娘を駒としか見てないんだよ！　政略結婚の駒、戦闘の駒……ってね。こういう面倒くさいことに巻き込まれそうだから、モニカちゃんの口を封じたというのに……マジで誰だ!?　一生恨むぞ！

「あの……お返事は？」

それをマナが聞いてきたとき、燃やしてなかったことにしてやろうかと思ったけど、お父様の自分勝手な考えとかならともかく、本当に大規模なら、領民に被害が及ぶ可能性があるというか、間違いなく被害が及ぶ。

いくらなんでも、何の罪も関係もない人に、そこに行くのは面倒くさいから死ねとは言えない。

「承《うけたまわ》りましたって返しておきなさい」

いつか、チクったやつを見つけてやるんだから……！

というわけで、学園の授業を一週間もお休みして来ましたよ。領地に。面倒くさいったらありゃしない。

でも、本当に大規模みたいで、学園もお休みになっちゃったんだよね。ゲームではこんなのなかったような気がするんだけど……というか、ないよ、絶対に。だって、恋愛が十割のゲームだもの。絶対にないって。こんなRPG（ロール・プレイング・ゲーム）みたいな要素は。

RPG的な要素があったら友人から聞いているはずだし。私がイレギュラーな行動をしている弊《へい》害《がい》なのかな？

いろいろ気になることはあるけど、私は、だらだら怠けていたい。なので、土魔法で私の人形を生み出しておいて、先に現場に向かってみることにした。

私は、魔法の才能があるみたいで、失敗もなく成功。無駄に時間を消費しなかったのはありがたい。

ロボットみたいなイメージで生み出したし、簡単な命令には従うんじゃない？　多分だけど。

人形を部屋に置いて、スタンピードの現場に向かってみると、本当に領地に戻っていたみたいで、カインの姿がある。洞窟《どうくつ》の五百メートルほど手前で仮拠点的なのを建てているみたい。見つかるよね？　大丈夫？　魔物が来てるよ？

そんな心配はものともせずに、明らかに脳筋《のうきん》って見た目をした騎士たちがねじ伏せている。

心配無用だったわ。それじゃあ、あの洞窟《どうくつ》内が発生源のようだし、探ってみるか。

私は、水属性と土属性しか使えないけど、うまく使えば、いろいろな応用が利く属性でもある。

土属性の魔力を地面に通し、洞窟《どうくつ》の内部構造を探ってみる。すると、洞窟《どうくつ》というよりは、洞穴《ほらあな》みたいな感じで、入り口は一つ。魔物たちも、壁となっている土が破れていないみたい。

土壁が破れないなら、あの方法でけりをつけるか。

ゲームのリリアンでは絶対に無理だが、本当に魔力がチートになっているなら、できるはずだ。

私の魔力を土に通していたので、遠くから土壌を操作する。周りに何十メートルもあるような壁を作り、洞窟《どうくつ》の天井を崩《くず》す。すると、大抵の魔物は、壁を破ろうとするか、唯一の脱出口である、上に這い上がろうとするはずなので、土を魔力でガッチガチに固めたあとに、中を水で満たして、蓋《ふた》をしておいた。

これでよし！　しばらく放置していれば、これで溺死《できし》するだろうし、していなくても、ちょっとは弱っているだろう。

よし、帰るか。やったんだから、もういいだろ。帰ろう。私ののんびり空間に。

そんな思いで、いったんは屋敷に戻るかと足を進めていたら、「おい、そこのお前」と声をかけられた。聞き覚えがあった気がしたが、私は止まらない。お前なんて名前じゃないしね。

「リリアン・ベルテルク」

フルネームを呼ばれたので、私はため息をついて、仕方なく振り返る。

「なんですか」

私は、イライラしているのを隠しもしないで、声をかけてきたカインを見る。

「なんですかじゃない。なんでここにいるんだ」

「父親が呼び出しやがったので来ました」

だから、もう帰るよ。それでいいでしょ？

「そんな言い方はないだろう。それに、あれはなんだ？」

「あれとは？」

「明らかにお前が生み出したであろうあの土壁と水のことだが？」

「証拠はどこに？」

私が生み出した証拠なんてありませんしー。私がここに来たという証拠だってありませんしー。

「……いつからそんな性格になったんだ」

「最初からです」

私がそう言うと、カインは呆《あき》れたような目で見る。おい、なんだその目は。

「……まぁ、助かった。ありがとうな」

……へっ？

「……熱でもあるんですか？」

本気でそう思って、私は自分のおでことカインのおでこにそれぞれ手を当てる。あれ？　熱はないな……なら、私の幻聴か？

……うん？　ちょっと熱くなったような……？　と思っていると、カインが顔を赤くしている。

「いきなり触れるものじゃない！　熱はないから安心しろ」

「だって、そうでもないとあなたが私にお礼を言うわけがありませんし……」

今までのリリアンの記憶にはないぞ？　十年以上付き合っておきながら、一回もないんだぞ？　熱でもあるのかと疑うに決まってるじゃん。

「お前が私をどう思ってるのかよくわかった。とりあえず、一度屋敷に戻るといい」

「言われなくても」

私は、カインからも帰れ宣言をいただいたので、そのまま屋敷に戻った。

私が別邸《べってい》に戻ったとき。人形は、領地にある別邸《べってい》の一室にいた。そこは二階のバルコニーがついている部屋で、バルコニーの近くの木に登り、そこに降り立って確認する。人形と一緒にいる状態で見られてしまえばばれるので、人形が一人になるときを狙《ねら》っている。そして、一人になったのを見計らって、私は窓をコンコンと叩く。

中の人形は反応して窓を開けてくれた。

「遅かったですね」

人形は、私が創造主だからか、敬語を使ってくる。確かに、前世のロボットをイメージしたけど、自分が自分に敬語を使っているって、なんか変な気分だ。

私は思いきって人形を外に連れ出した。

「それじゃあ、身代わりご苦労様」

私が魔法を解くと、人形はすぐに形を崩《くず》して、砂になった。これは、土魔法の一種、『土人形』という魔法だ。いわゆる、ゴーレム。魔力が強いほど、精度も高くなる。

いつの間にかチートになっていた私の魔力なら、本人そっくりに作り出すことが可能だった。

私は、再び木登りをして、バルコニーに跳び移り、部屋の中に入る。そして、こっそり出かけていたという証拠を失くすために、泥汚れを土魔法で取り出して、染み込んでしまったのは水で落とし、服についた水滴を水魔法で集め、外に捨てた。

そして、椅子に腰かけていると、ドアをノックする音が聞こえる。

「お嬢様。クライス様がお呼びです」

侍女《じじょ》がドアを開けて、そう言った。

……誰だっけ？　クライスって？　そう思って、リリアンの記憶を探ると、あの兄だということが判明した。

無視してもいいのだが、それをやるともっと面倒くさいことになりそうなので、仕方なく応じてやることにした。

「向こうからこっちにたずねてくるように言いなさい」

魔法を連発して、こっちは疲れてるんだ。なるべく動きたくないというのが本音。……うん？　木登りしてなかったかって？　何のことかな？

私が本を読んで待っていると、本当に来たらしく、ドアをノックする音がする。私が許可を出すと、クライスが中に入ってくる。

来なかったら相手しなくて良かったのに、本当に来るとは。まぁ、わざわざ来てくれたのに無視するほど私も腐ってはいないので、応答することにする。

とりあえず、近くにいる侍女《じじょ》にお茶の用意はさせた。

お茶が置いてある机の近くのソファに私が腰かけると、お兄様は反対の場所に腰かけた。

「何の用ですか」

「カイン殿から聞いてな。スタンピードの発生地で魔法を使ったそうだな」

それを聞いて、私は飲んでいた紅茶を吹き出しそうになる。なんとかこらえて、口に含んでいたのは飲み込んだ。

（あの野郎！　よりにもよって、こいつにチクりやがったな！）

私の心の中は、それでいっぱいだった。これなら、まだお父様にチクられる方がましだっただろう。なぜなら、おそらくの話だが、怒られるだけですむから。

私が危険な場所に行ったのは変わらないが、私が功労者なのも事実なので、頭ごなしに怒ったりはしないだろうという考えだ。

父親は、結果がすべてという人だ。たとえ、どんなに安全な道を通ろうとも、成果を得られなければ、意味がない。成果を得るためには、時には危険な方に行けと言うやつだ。

急がば回れなんて、あの父親の辞書には存在しないだろう。

結果を出したのだから、危険な場所に行ったのは叱《しか》られても、それ以上はないってことだ。

でも、この兄は違う。

「何を思って行動したのかは知らないが、明らかに危険行為だろう。お前の魔法の実力では」

「そんな実力で私を領地に呼ぶのは危険じゃないと？」

どう考えても、学園のある都よりも、こちらの方が危険だ。私が戦力として使えないと思われていたのなら学園に待機させていたはずだ。

兄が言っているのは、そういうこと。

「そうだな。父上に一応は反対したが、押しきられた」

「ずいぶんと意志が弱いですね」

そんな意志の弱さなら、私を思ってのことなのかもしれないが、むしろ邪魔《じゃま》だ。

しかも、一応って言っているし。

「私のいない間に手紙を出されたのに、どうやって止めろというんだ？」

「目を離すから、そうなるんじゃないですか？」

止めるつもりなら、最後までその意志を貫き通せよ！　私だったら、二十四時間態勢で見張っているぞ？　そんな努力もせずに自分は悪くないみたいにさぁ。

あっ、私は、三日間くらいなら起きていられるのよ。一人暮らしだと、忙しいときもあるからね。

「それはともかく、いつから魔法が強くなった？」

何も言い返すことが思いつかなかったのか、急に話題を変えてきた。

「知りません」

自分の記憶が戻ってからではあるが、それはあくまでも仮定にすぎない。確定している情報でもないのに、伝えて違いましたとなるわけにはいかない。

「そうか」

……うん？　それだけ？

てっきり、尋問とまではいかなくても、掘り下げて聞いてくるものと思っていたので、あっさりとしたお兄様の態度に、私はきょとんとしてしまう。

少しぽけーとしていると、そのあとの言葉でさらに驚いた。

「君のおかげで領民は守られた。感謝する。リリアン」

それだけ言うと、少し赤面しながら、部屋を出ていってしまった。

――ガシャン！

私は驚きのあまり、持っていたティーカップを落としてしまう。ティーカップの割れた音が、その部屋に小さく響く。

なんで驚いたのか。それは、単純明快。

お兄様は、今まで、公《おおやけ》の場でしかリリアンの名前を呼んだことがない。まぁ、わがままじゃない、幼いころは呼んでくれていたのだろうが、リリアンの記憶にはない。

（名前を呼ばれた!?）

カインに続き、お兄様まで変になり始めてないか？

私は、そんな思いでいっぱいだった。

思考が停止していたが、とりあえず我に返る。

なんであんなことをしたのかなって思ったけど、よくよく考えたら、私はこの辺りの領地を救った立役者《たてやくしゃ》だ。いくらリリアンを嫌っているあの二人でも、お礼くらいは言うものなのかもしれない。

私が過剰《かじょう》反応しすぎただけだろう。

「このカップ、どうしようかな……」

一番の問題はこれだ。怒られることは覚悟しているが、兄の言葉に驚きすぎて落としてしまったなんて、なんか言いにくい。

「お嬢様」

どうしようと思っていた矢先に、そんな声が聞こえる。

「何かしら？」

「旦那様がお呼びです。今回の事の顛末《てんまつ》を説明せよと……」

お兄様《やつ》がチクったか？　それともカイン《やつ》か？

よし無視しよう。知らん知らん。私は何にも知らん。素直に応じたら、スタンピードの現場に行ったのを正式に認めることになってしまうからね。

「あとで行くと伝えておいて」

そうしておけば、すっぽかしても問題ないだろう。

「……かしこまりました」

少し嫌々な感じが、ドアの向こうから伝わってくる。使用人からすれば、二度手間のようなものなのだろう。素直に応じてくれればいいのにと思っているんだろうが、面倒くさいんだよね。

領民は守れたし、早く学園に戻りたい。モニカちゃんにも会いたいし。でも、あとあと考えてみれば、いくら友達とはいえ、あんなに高価な物をねだるかな？　私だったら、相手の懐《ふところ》事情を気にして、少し遠慮してしまうだろう。公爵令嬢だから、お金があると思われていたのだろうけど、それを差し引いても、ちょっと図々しくないか？　と感じてしまった。

私は、乙女ゲームをやっていないから、モニカちゃんがどういった人柄なのかを、あまりイメージできない。なので、友人の言葉で予測するしかない。

何か他に言っていたことはないかと思い出す。

『実は、アレクシウスにはバッドエンドがあるんだけどさ、それがちょっと意味深なんだよねぇ～……』

『何が？』

『えー、話したくはないんだけどさぁ』

口ではそう言っていても、顔は話したそうにしていた。もったいぶりながら、話し出す。

『実はね、バッドエンドはヒロインが殺されちゃうんだけどさ、そのときの一文に妙な言葉があったの……！』

『妙な言葉？』

私が言葉を繰り返してたずねると、友人はこう言った。

『あの子の言う通り、君は偽善者《ぎぜんしゃ》なんだねって笑いながら言ってるの。それでさ、あの子って誰？　ってネットで話題になったんだよねぇ～』

『結局誰なの？』

『わからないけどさー、一番怪しいのは、いつも一緒にいた……』

「『モニカちゃん』……」

友人は、そう言っていた。あのときは、私は全然興味がなくて、そうなんだーと適当に返したような覚えがある。

あくまでも、推察《すいさつ》の域を出ていないので、もしかしたら違うのかもしれない。

あのモニカちゃんが、そんなことをしているとは思いたくないけど、少し引っかかる行動があるのも事実だ。

でも、仮にそうだったとしても、モニカちゃんに何かメリットがあったのだろうか？　そもそも、アレクシウスにヒロインが偽善者《ぎぜんしゃ》だと吹き込まなくてはいけない動機がわからない。

ヒロインに何か恨みがあったのかと思うけど、まずは親友にならなければ攻略できないのだから、それもない。親友の悪口を吹き込むとは思えないし……

お金でということもおそらくはない。貴族と取引するような商家《しょうか》が貧乏なわけがないから。そんな商家《しょうか》かどうかは、公爵家の情報網を使えばすぐにわかることなので、嘘ではないだろう。

何か脅《おど》されていたとしても、それで得をする人間がいたのだろうか？　ヒロインを消さなければいけない理由が……

あーもう！　考えても考えてもわからない!!　すべて推測の域を出ないので、これだ！　と思うような答えが見つからない。

こうなるなら、面倒くさがらずに、もっとちゃんと話を聞いておくべきだったかもしれない。

それで、モニカちゃんをどうするかだけど、今のところは放置しかないだろう。

それに、根っからの悪人には思えないのだ。私を何かに利用しようと言うのなら、それ相応の理由があるはずだ。

もし本当に悪意を持って近づいていたのなら、さすがの私も気づく。毒舌《どくぜつ》会長と呼ばれていたのと、友人からトラブルホイホイという異名をつけられるほどにトラブルに巻き込まれてきただけはあるので、人の悪意には結構敏感だ。私の感覚が鈍《にぶ》っていなければ、モニカちゃんはそこまでの悪人ではないだろう。

というか、人は誰でも悪意は持っているものなのだ。モニカちゃんにも、悪意はあった。隠す気が全然なかったみたいだから、自覚していないと思ってたけど、そうではないとしたら。

それに、何か罪を犯すようなことも、おそらくはしない。それなら、良い意味で無視するしかない。下手に接触しなくなると、警戒《けいかい》されているのかもしれないと思われて、かえって危険だ。

とりあえずは、モニカちゃんとの関係はそのままにして、彼女のことを調べる必要がある。それには、公爵家の情報網を使わなければならないが、それは当主の許可がなければならない。

「あとで行くって言ったけど、今でもいいかな」

当主様に、おねだりしてみるとしますか。

さっきまではばれると面倒くさいと思っていたけど、影を使わせてもらえるなら、それくらいいくらでも付き合ってあげよう。

ただ、それで婚約とかが複雑になったら面倒くさいんだよなぁ。それに正直、恋人としては論外だけど、夫としては悪くはない性格なんだよな、カインは。女にうつつを抜かすような性格じゃなければ。

　領民からの評判も良いし、顔も良いし、頭も良いし……乙女ゲームの男性は、なんでも完璧にできるのはなんでなんだろうね？　そちらの方がモテるからという単純な理由なんだろうか？

　だから、勘違いされたくはないのだけど、男として見られない。正確には、好意を向けられないというだけであって、政略結婚のような愛のない結婚は別にかまわない。いわゆる、白い結婚でも全然ね。自分のやりたいことをやれたら全然かまわないのよ。婚約を続行していたいとは思わないけど、婚約破棄したいともあまり思わないのだ。

　無視し続けた結果が愛のない結婚なら、それも受け入れよう。秒速の離婚が目に見えているけど……

　じゃあ、何が嫌なのかというと、こちら側の有責《ゆうせき》で婚約破棄とかになったり、どこからか横槍《やり》とか入るのが嫌なのよ。

　騒動の真ん中には置かれたくないの。だから、婚約破棄や婚約解消も、やるならあんなパフォーマンスみたいなことはしないで、当人同士で終わらせたい。だって、現代日本では、あんなパフォーマンスしないだろ？　プロポーズは、パフォーマンスがあっても良いかもしれない。思い出の一つになるのだから、印象に残るようにするのは、別に否定したりはしない。

　でもさ、離縁とか婚約破棄にパフォーマンスはいらんだろって思う。乙女ゲームの話を聞くたびに思うのが、なんでわざわざ公《おおやけ》に悪事を発表するのかが全然わからない。数人の第三者と、当事者だけで解決すればいいじゃん。裁判だってそうじゃない。当事者と証人と第三者の裁判官たちしかいないじゃない。

周りには、概要を伝えるだけで良くない？　いじめで断罪とかしているけど、公《おおやけ》の場で、一方的に罪を公開して責め立てる方がいじめじゃないのか？

そりゃあ、本人にあまりにも反省の意志がなかったとかならまだわからなくもないけど、悪役令嬢に注意したりとかしてないよな？　いじめを傍観《ぼうかん》して、それを恋愛に利用するような攻略対象をなんで好きになれると思う？

ヒロインも目が腐ってないかと思ってしまう。私がヒロインなら、助けてくれるだけでなくて、そもそもいじめられないように対処しようとしてくれる男性の方が好みなんだけど。ただの偽善者《ぎぜんしゃ》じゃん。本当に善い人っていうのはさ、悪役令嬢に注意したりとか、できるだけ遭遇《そうぐう》しないように配慮する人のことでしょ？

それをやってから断罪しろよって私は思うの。反省の機会くらい与えてやれよと。悪口しか言ってなかったのにさ。

そんなことを考えているうちに、お父様の部屋についた。

私は、お父様の部屋をノックする。

「お父様、リリアンです」

「入りなさい」

そう言われたので、私は部屋の中に入った。そこには、クライスもいる。なんでいるんだよと思ったが、なんとか声には出さずにすんだ。

「ホースト家の令息から聞いたが、スタンピードの現場に向かったそうだな」

犯人はあいつか！　と思ったが、今はこれを乗り越えて、うまくおねだりしないといけない。

私は軽くため息をついて話し出した。

「確かに向かいました。カイン様にも会っております。わざわざここに呼ばれたのですから、戦力の期待をされていたのかと思いまして、現場に向かいました」

本当は短期決戦するためだけど、あながち間違いではない。嘘は言ってない。本当のことを言っていないだけだ。

「確かにそうだが、一人で向かうことはないだろう」

「置いていかれたのかと思いましたから」

私が冷たく返すと、お父様は軽くため息をつく。

「……まぁ、無事だったなら良い」

傷物《きずもの》になったら困るものね。貰《もら》い手がいなくなるから。

「それで、何か欲しいものはあるか」

ド直球に聞いてきた。やはり、今回のお礼のようなもので、報奨《ほうしょう》があるそうだ。私がお願いするのは、ただ一つ。

「鳥が欲しいです」

もちろん、本物が欲しいわけではない。鳥というのは、裏活動をする影を指す隠語だ。

「……何羽必要だ」

「多ければ多いほど」

そう言うと、お父様は少し考えるような動作をしたが、すぐに答えた。

「いいだろう。白梟《しろふくろう》をやる。ただし、すべて一人で面倒を見るように」

「……承知しました」

まさかの答えに少し驚いて、私は返答が遅れた。白梟《しろふくろう》は、ベルテルク公爵家が所有する影の中で、もっとも優秀な部隊だ。

それに一人で面倒を見ろというのは、私一人だけがそれを使うのを許すということだ。つまりは、私が手放さない限り、お父様も、お兄様も、今後は白梟《しろふくろう》を使えない。私が許可をすれば話は別だけど。少なくとも、私の命令の方が優先権があるということだ。いずれ他家に嫁ぐ私にこんな権限を与えてもいいのだろうか。

お兄様が何も言わないということは、これは了承《りょうしょう》済みということだろう。

「学園に戻ってかまわない。三日後には届くように手配しよう」

ここから学園に戻るのに三日かかるんですけど？　学園に戻るころには、白梟《しろふくろう》がいるってこと？

「ありがとうございます」

いろいろ考えがめぐって、それしか言葉が出なかった。

第二章　白梟《しろふくろう》と青の月

馬車で、学園に帰っている。私はお役御免《やくごめん》なので、もう学園に戻ることになった。護衛つきで。スタンピードを片づけたり、兄と婚約者からお礼を言われたり、お父様から白梟《しろふくろう》をもらったりしたけど、まぁいい経験になったかな、とプラス思考に考える。

そこで私は、ちょっと考え事をした。魔力が強くなったこともそうだけど、そもそもゲーム開始すぐにこんな大規模なスタンピードなんてなかった気がする。共通ルートまでは隣でプレイ画面を見ていたけど、そんな描写はまったくなかった。

そこで、現実離れしたような考えだが、もしかしたら、あのスタンピードは人為的なのではないか？　と感じた。それができるのかはわからないが、できたとしたら、ゲームにそんな描写がなかったのもうなずける。うなずけるのだが、じゃあ、それで得をする人って誰だ？　という疑問が生まれる。

もし、国内にそんな存在がいるのなら、自分も被害に遭うかもしれない。それなのに、わざわざスタンピードを起こす理由があるのだろうか？

引っかかる点が本当に多い。モニカちゃんの謎行動、今回のスタンピード、それで学園が休みに……

何の繋がりもなさそうだけど、偶然にしてはできすぎているような気がするのだ。

(う～ん……わからんなぁ……)

そんな思いで馬車に揺られていると、突然ガタンと大きく揺れた。

「わぁっ!!」

私はそんな声をあげながら、馬車の床に転がり込む。

「いたたた……」

転げ落ちてしまったせいで、頭を打ってしまった。私が体を起こすと、ただならぬ雰囲気を感じる。

私が馬車の窓から顔を覗かせようとすると、護衛の騎士に手で止められた。

……なんかいるな？　状況を確認したいけど、スタンピードのときに使った方法は、地面に体の一部がついていないといけない。私は馬車の中なので、その方法は無理だ。

だから、状況で推測するしかない。騎士が止めてきたということは、馬車の中にいてもらいたかったから。つまりは、危険な状況にあるということだろう。それならおそらく、盗賊か、スタンピードを連れてきた魔物だろう。

魔物なら、攻撃パターンが決まっているから大丈夫だろうが、問題は盗賊などの人間だった場合だ。相手をするのに、人間ほど厄介《やっかい》な存在はいない。個々によって攻撃パターンが違うし、相手によって攻撃パターンを変えてくることもある。

私も、厄介事《やっかいごと》に巻き込まれることがちょくちょくあったから、前世では護身術は習っていたけど、さすがに複数相手は難しいだろうな。

騎士なら、私よりも魔物や対人には慣れているだろうから、ここは任せよう。


そう思っていたのだけど、三十分くらいたっても、まだ馬車が動き出さない。さっきまで数人の知らない男の悲鳴が聞こえていたので、どうやら盗賊だったようだけど、もう聞こえなくなったので、てっきり片づけたと思っていた。


でも、そのあとに、騎士のうめき声がほんのわずかに聞こえてくる。

なんとか、ギリギリまで馬車の窓に近づいて覗いてみる。すると、数人の男がまだ立っていた。半分くらいが剣を持っていて、残りは杖のようなものを持っている。どうやら、魔法使いがいるみたい。


この世界は、魔力を持たないのは稀だが、適性を持っていないという存在は結構いる。というか、学園の授業内容によると、人口の七割～八割がそれだ。だからこそ、魔道具というのが役に立つ。魔道具の魔石は、魔力を通せば、誰でも魔法を使うことができる。

そして、あの男たちはおそらく残りの二割から三割に入るのだ。

騎士も魔法を使えることは使えるが、属性によってどうしても有利不利が発生してしまう。魔法は見ていないが、決着がついていないのなら、おそらく騎士にとっては不利な属性なのだろう。

そのまま持久戦に持ち込まれるかと思ったそのとき。ある声が響く。

「ちょっとちょっと～！　ベルテルクの騎士なら短期決戦してよね～！」

おそらく女性だろうが、子どもっぽい口調だ。死角にいるのか、姿は見えない。

そしてなぜか、上の方からそんな声が聞こえた。

それが聞こえてきたとき、急に騎士ではないうめき声が響く。

「なんだてめぇ！」

そんな声が聞こえたので、さっきからいた存在ではないみたいだ。

「あんたに名乗る名前はないね！」

「なっ！　どこに行った⁉」

……は？　さっきまで姿を認識していたのに見失ったの？　一体、どうして？

そう思っている間に、その男のうめき声も聞こえる。

「うちらは戦闘は業務外なのよ。早く終わらせてよね？」

「いや、いたんならもっと早く出てこいよ」

少し若い声が聞こえる。これは、おそらく騎士の声だろう。

「いやいや、ロベルトくんよ。もう一回言うけど、うちらは戦闘は業務外なの。あんたらがちんたらやってるから手伝ってあげただけよ」

ロベルトって言うのか。というか、この声は誰だ？　騎士ではないのは確かなんだけど……

もう危険はないだろうと、私はおそるおそる馬車の扉を開ける。すると、騎士が数人くらいいる中、その声らしき人物が見当たらない。

「あっ、あなたがご主人様ですか？」

そんな声が上から聞こえて、見上げてみると、馬車の屋根に乗っている、私と年が近そうな女の子がいた。

上に乗ってたのかよ！　どうりで姿も見えないわけだ！

私がその姿を認識すると、馬車の上から飛び降りて、そのまま私に跪《ひざまず》く。

「七影の白梟《しろふくろう》第一部隊所属、メイアと申します。隊長の命により、お迎えに参りました」

……えっ？

状況を理解できていないのは、もしかして私だけだろうか。

七影？　第一部隊？　白梟《しろふくろう》？　いや、白梟《しろふくろう》の意味はわかる。でもさ、三日後って言ってなかったか!?　まだ二日しかたっておりませんが!?

私は、てっきり学園に戻ってからだと思っていたんだけど……

私がそんなことを考えて全然話さなかったからか、メイアは首をかしげる。

「どうしましたか～？」

こっちがどうしましただわ！　なんでもう伝わってるの？　何か伝言を届けたりするだけなら、移動よりも早いの？　この世界の常識がわからない。

この世界は魔法があるから、可能なのか……？　う～ん……

「お迎えに参りましたっていうのがよくわからないだけで……」

「あぁ、念のための護衛ですね～。騎士が使えないやつらばかりなんで……」

……さっき、戦闘は業務外とか言ってなかった？　それで、護衛？　言ってることが矛盾《むじゅん》してない？

守るだけなら大丈夫ということなのだろうか。

でも、見てないから確証はないけど、さっき盗賊を蹴散《けち》らしてたのあなたですよね？

「それはともかく、早く戻りましょう～！　ご主人様に怪我させると隊長が怖いんで……」

わざとらしく震えながらそう言うので、隊長はどんな人なのかと思ったが、早く帰りたいから、聞かないことにした。精神をガリガリ削りそうだしね。

もしかしたら、隊長への恐怖心で私を守ってるの？　と思うと、感謝したいはずなのに、なぜか感謝できなかった。


そして、そのあとは何の問題もなく、学園の寮に戻ってきた。メイア付きで。

ちなみに、なるべく一緒にいられるようにと、侍女《じじょ》に扮《ふん》するそうだ。情報収集をよくやるだけあって、そういう変装はお手の物らしい。

マナは、おおよその正体は知っている。メイアが影の者だとは。白梟《しろふくろう》だとは知らないけどね。

使用人も、公爵家の影の存在は知っているらしい。そういうのは使用人には内緒ってイメージが強いんだけど、ここの公爵家はそうではないのかな？

ちなみに、学園は今週末まではお休みなので、三日くらい暇《ひま》なわけだ。授業の予習をしておいたが、それでも暇《ひま》なことは変わらない。

ちょうどいいからと、私は頼んでみることにした。私は、手元のベルを三回鳴らす。これは、メイアだけを呼ぶときの合図だ。

「お呼びですか～？」

メイアが、ノックして入ってくる。

ちなみに、ベルを鳴らしてから三秒もたっていない。扉の前に待機していたのかというレベルの速さで入ってきた。

「調べてほしいことがあってね」

「なんですか？」

「モニカさんの素行調査よ」

私がそう言うと、首をかしげて同じ言葉を繰り返す。

「モニカ様の素行調査ですか～？　ご主人様と一緒にいる女子生徒ですよね？」

白梟《しろふくろう》というだけあって、ある程度は私の周りを調べているらしい。

なんか、プライバシーが筒抜けになっているような気がして、あまり良い気分ではないけど。

「ええ。ちょっと引っかかる点があるから……」

まずは、私にあまりにも高価な物をおごらせたこと。

私が買うとは言ったものの、あそこまで遠慮がないのは、あとあと考えてみると違和感を覚える。

そして、時々モニカちゃんから感じる悪意だ。

もちろん、まったくの悪意を持っていない人間は珍しいだろう。

それでも、あの滲《にじ》んでいる悪意は……気になるところがある。

「確かに、ちょっときな臭い感じはしてましたし、それくらいなら楽勝ですけど……私たちを譲《ゆず》られておいて、任せるのそれだけですかぁ～？」

メイアが不満そうに訴える。エリートなだけあって、誇《ほこ》りもあるのだろう。

でもさ、くれるのがあんたたちだと思わなかったもん！　仕方ないじゃない！

「私は別に、青鷹《あおたか》でも良かったのに、お父様があなたたちを渡したんだもの」

ちなみに、青鷹《あおたか》は情報収集専門。他には、リリアンが知っているものなら、赤鷲《あかわし》がいる。赤鷲《あかわし》は、完全に荒事専門だ。噂《うわさ》程度だけど、暗殺任務も請け負ったりしているらしい。

もちろん、私はそんな依頼なんてしないけど、当主とかになったら依頼したりもするのだろうか。

「青と白を同列にしないでくれません!?」

白梟《しろふくろう》は、すべての分野のエキスパートなので、青鷹《あおたか》や赤鷲《あかわし》ができて、白梟《しろふくろう》にできないことはない。その分、構成員は少ないらしいけど。

他の構成員は結構多いらしく、だいたい三十人くらい。白梟《しろふくろう》はその半分以下だそうだ。

「とりあえず、何日かかる？」

「相手の出方にもよりますけど、五日くらいですかね～。早ければ三日で終わると思いますよ」

早くて三日……ギリギリだな。

できれば、学園が再開する前までに知っておきたかったけど……

「三日以内じゃ無理かしら？」

「できないことはありませんけど……使える人材が限られますね～。それこそ、隊長レベルじゃないと……」

「できるんなら、頼んできなさいよ」

「あの隊長に頼み事なんて、命がいくつあっても足りないです！」

首と手をブンブンと振って拒否をする。本当に、隊長はどんな人なのよ。それに、主《あるじ》からの命令なんだから、何の問題もないと思うけど……

「主人命令とでも伝えたら？」

「う～ん……それでやってみますかね……。まぁ、とりあえず、隊長に伝えてきますね～！」

私はそれを見て、本当に隊長ってどんな人なのかな……？　と気になってしまった。


いよいよ明日は学園再開となるころに、メイアが戻ってきた。

「ご主人様～。隊長に頼んでやってもらいましたよー！」

そんな声とともに、何か紙を渡してくる。あんなこと言っていたから、ちょっと不安だったけど、引き受けてくれたらしい。でも、それを見てみても、何も書いてない。私が首をかしげていると、メイアが説明してくれる。

「魔力紙ですよ！　魔力を通したら、その魔力の持ち主だけ文字を読むことができるんです」

そんな便利なものがあるの？　と思いながらも、言われた通りに魔力を通してみる。

すると、だんだん文字が浮かび始めた。

うわー、便利。そして、そこにはモニカちゃんについての報告が書いてある。

要約すると、モニカちゃんはある組織と取引していて、そこに従っているそうだ。その組織の名前は、『青き月』と呼ばれる、結構大規模なものらしい。モニカちゃんは、それの末端《まったん》にいるということだ。

ブラックよりだけど、ギリギリグレーゾーンって感じかな？

ちょっとアウトっぽそうだけど。でも、ゲームでもモニカちゃんがそんな組織に存在していたとするのなら、『青き月』にとって、ヒロインは邪魔《じゃま》な存在だったということだ。

確かにヒロインは乙女ゲームのヒロインらしい性格を持っているけど、特別な力とかは持っていなかったはずだ。魔法の威力も平均的だし、魔法も水属性とありふれたもの。それなのに、ヒロインを狙《ねら》った理由はなんなのだろう？

まぁ、モニカちゃんの言動の謎もとりあえずは解けたことだし、今日はこのへんで、明日の学園再開に向けて英気を養おう――そう思って寝て、その翌日。

目の前におかしな光景が広がっている。

なぜか、カインが迎えに来ているのだ。私が戻ってきてから三日もあったんだから、カインがここに戻ってきていてもおかしくはないが。

よし。見なかったことにしよう。

私がそのまま横を通りすぎようとすると、「待て」と呼び止められる。

「……なぜ無視する？」

「なぜここにいるんですか？」

「アレンに迎えに行けと言われてな」

なるほど。仕方なく迎えに来たのか。それなら、わざわざ付き合う理由はないだろう。

「それなら、私は行きます」

「あっ、いや……教室まで送ってこいと言われていてな……」

本当に無意識という感じに私の右腕を掴《つか》んでいる。

ってか、アレンって誰だ？　何者かは知らないけど、なんで尻に敷かれてるの？　多分だけど、呼び捨てなら立場はあんたの方が上だよね？

「それなら、ついてくればいいじゃないですか」

もう譲《ゆず》りそうにないので、面倒くさくなって、こっちから譲歩《じょうほ》した。

すると、本当にカルガモの雛《ひな》のようについてくる。

なんか、カインの行動が全然読めない。

でも、ゲームのように、あからさまに悪意を向けられてはいないように感じる。面と向かって嫌いとは言われたことがないし。

ただ、好意がないのは変わってないよな、と思っている。まだ私の記憶が戻る前のことだけど、手紙を出したりしても返事をしてはくれなかったし、屋敷に訪問という名の突撃をしても、応じてくれたことはない。

そして、教室まで送ってくれたので、とりあえず手を振っておいた。

すると、向こうは、軽く頭を下げるだけ。

うん。マジでわからん。

私だけ？　あいつの行動の意味がわからないのって私だけ？

そんな風に混乱していたので、私は授業の内容も、モニカちゃんのこともまったく頭に入らなかった。

そして、授業が終わったころ、また迎えに来た。

マジでなんで⁉　アレンとかいう人に言われたからって、ここまできっちりとやるの⁉

また断ると行きと同じような流れになりそうなので、仕方なくついていくことにした。

そして、寮までついたとき、カインはもう役目は終えたとばかりにどこかに行ってしまった。

マジで、何をしたいんだろう？


あの日以降、いつの間にかお迎えされるのが当たり前みたいになりました。無視してるけどね。声をかけられたら応対するけど。

アレンって人に何を吹き込まれたのかは知らないけど、いきなりこういうことされて、違和感しかないのよ。適応能力なんてそんなに高くないから、慣れないとずっと居心地《いごこち》が悪い。

そして最近は、往《い》きは応対してるけど、帰りはしていない。噴水に行くためだ。なぜ噴水に行っているかというと、モニカちゃんの報告書に噴水に何か仕掛けるみたいなことが書いてあったから。

学園には、噴水は一つしかないので、そこを見に行っていた。ギリギリまで張り込んでいた。でも、そこにモニカちゃんが来たけど、噴水の近くでうろうろするだけで、何もしないのだ。数日間、ずっと。

これで、ちょっとは更正《こうせい》の余地があるかもしれないと思った。

それに、モニカちゃんがこんなことをしている理由も、その報告書に書いてあったし。どうやってあの短期間でここまで調べたんだろうと思ったけどね。

そして、いよいよ接触してみることにした。今回も噴水に行って、様子をうかがう。

すると、モニカちゃんが来た。今回は、そのまま様子をうかがうようなことはせずに、モニカちゃんの方に歩いていく。

モニカちゃんもこちらに気づいて逃げようとしたが、私の土魔法の土壁で退路を塞《ふさ》いだ。

「モニカさん。なんで逃げるの？」

「そ、それは……」

目を泳がせながら、なんとか逃げられないかという風に後ろを気にしている。

「噴水に、何をしようとしたの？」

私は、土壁に追い込んで、壁ドンみたいな状況で尋問する。ＧＬじゃないよ？　詰《つ》め寄っているだけだから。

「べ、別に、何も……」

「黒輝石《こっきせき》」

私がそう言うと、モニカちゃんは驚愕《きょうがく》の表情を浮かべる。黒輝石《こっきせき》は、オシャレな名前とは裏腹に、周りの魔力を吸収して、魔物を生み出してしまう……と、報告書に書いてあった。

ちなみに、自主的に魔力を与えることで発動を早めることもできるけど、生み出された魔物は無差別に人を襲うので、近くにいたら自分が真っ先に狙《ねら》われる可能性がある。なので、時間はかかっても、周囲の魔力を吸収するまで待った方が安全だ。でも、その間に回収されてしまっては意味がない。なので、見つかりにくい噴水の中に隠そうとしたのだろう。

「これが……黒輝石《こっきせき》だったんですか……？」

情報通のモニカちゃんも、手にしたそれが黒輝石《こっきせき》だとは気づかなかったらしい。

「そうよ。今すぐそれを手放しなさい。あなたの魔力をそれが吸収してしまっている。ここに魔物が大発生するとなれば、さすがの私も見逃せないわよ」

別に、自分と関係のないことをモニカちゃんがやろうとしていたのなら、私は無視するつもりだった。でも、さすがに取り返しのつかないことは、やる前に止めるべきだろう。

周りがやらないのなら、まずは私がやらないといけない。こればかりは、無視するわけにはいかない。

「……仕方ないじゃないですか。だって、言うことを聞かないと、みんなが……！」

「あなたの生み出した魔物が何の関係もない人の命を奪う。そうなっても、あなたは仕方ないですませられるのかしら？」

「……っ！」

私が指摘すると、黙り込んでしまったので、私はさらに続ける。

「あなたには、まだ良心が残っているはずよ。思いとどまりなさい。手遅れになる前に」

悪役令嬢は、気づけなかった。こうやって、叱咤《しった》してくれる存在がいなかったから。だからこそ、悪口だけだけど、断罪されてしまったのだ。周りもやりすぎだと思うけど、思いとどまることができたなら、結果は変わっていただろう。

「なんで……そこまでするんですか。私は、あなたを……」

「……声をかけてくれたから……かしら」

最初は不純な動機で近づいてきたのかもしれないが、悪評が広まっていたリリアンに対して、普通に接してきた唯一の存在だった。気にしないつもりでいたけど、それがうれしかったのも事実。

「それで、あなたは何か弱みを握られているんじゃないの？」

「……どうして、そう思うんですか」

「本当の悪人なら、とっくに噴水に投げ捨ててるわ。それが黒輝石《こっきせき》だと知らなかったけど、危険なものだということはわかっていたんでしょう？」

「……はい。いつも、こういう危険な役は、私が任せられていましたから。なんとなく、危険なものという認識はありました」

もう観念したのか、すべてを諦《あきら》めたような顔をして、その場に座り込む。

私も地べたの上に座った。すると、モニカちゃんが慌て出す。

「公爵家のご令嬢が、地面に座るものじゃありませんよ！」

「別にいいわよ。私の評判は地に落ちてるから。大したダメージはないわ。マナに洗濯を頼むことになるから、それは心苦しいけどね」

私はそう言って、笑いながらウィンクした。

モニカちゃんは、一瞬きょとんとして、クスクスと笑い出す。

「面白い方ですね」

笑いながらそう言うとその笑顔は消えた。そして、まっすぐに私を見る。

「私は大バカ者です。リリアン様が止めてくださらなければ、私は……」

「……ねぇ、あなたがそんなに付き従うなんて、何の弱みを握られているの？　よほどじゃないと無理でしょ」

私がそう言うと、意を決したように話し出した。

「……弟と妹が。やつらに捕《と》らわれているんです」

想像の十倍重かった。

「警備は動いてくれないの？」

「裏に貴族がいるみたいで……圧力をかけられているし、表立っての悪行をしたりはしていないので、堂々と捕まえることができないみたいです」

「親は？」

「両親は、私が手駒になっているのを知りません。身代金を渡し続けているので、弟妹たちは無事だと思っているようなんです」

私の質問に、すべて正直に答えてくれた。

もう、彼女は大丈夫だろう、憑《つ》き物が落ちたようになっている。

「二人が無事なのは確かなの？」

「それは間違いありません。定期的に会わせてくれますし、ずっと一緒に暮らしていたのですから、入れ替わっていればすぐにわかります」

「……よし、わかった」

私がそう言うと、「何がですか？」とモニカちゃんは首をかしげる。

「そいつらは野放しにしてはおけないってことよ」

こんなやつらを無視するわけにはいかないからね。いろいろと複雑なことに首を突っ込んでしまったみたいだけど、モニカちゃんのためならば。

「えっ!?　でも、堂々と捕まえたりでもしたら……」

「堂々じゃなければいいんでしょう？」

私がそう言うと、モニカちゃんはまた訳がわからないといった顔をする。

せっかくもらったんだもの。有効活用しないといけないわ。役不足だと不満を漏らしていたのだから、これなら充分でしょう。

「あなたは、それを噴水に入れておきなさい。そして、ちゃんとやったことを報告してきて」

「えっ!?　でも……」

「自然回収なら、魔物が発生するには、少なくとも二、三週間かかるわ。それまでに回収して処分すれば問題ないわよ」

あのエリート部隊が、そんなに時間をかけるとも思えないからね。

「やらなかったことがばれたら、それこそ二人が危ないわよ。表向きのようでも、ちゃんとやったことにしないといけないわ」

「……わかりました」

モニカちゃんはそう言って、黒輝石《こっきせき》を噴水に投げ入れた。

私が土壁を消すと、モニカちゃんは女子寮に向かう。

「それじゃあ、私は、梟の餌《えさ》やりとお兄様とお茶会でもしてこようかしら」


メイアに頼んでみたところ、目を輝かせて了承《りょうしょう》してくれた。

どう考えても手荒になりそうなことだけど、戦闘は専門外じゃなかったのだろうか？

少し不安なところはあれど、私は私のすべきことをするために、お兄様のところに来てみた。会うのは、以前のスタンピードのとき以来だ。そういえば、あのときに壊したカップはどうなったのかな？

「お前の方からたずねてくるのは珍しいな」

「お兄様に頼みたいことがございまして」

ちなみに今は、お兄様の部屋でお茶を飲んでいる。端《はた》から見れば、兄妹の仲睦《なかむつ》まじいお茶会のように映っているのだろうが、どちらかといえば商談だ。

いつもなら、とことん無視しているので、自らたずねてきたことに驚いているみたい。

「頼みたいことだと？」

「お父様への報告書を書いてくださいませんか？」

「内容は知らないが、リリアンがやればいいだろう」

また名前を呼ばれたが、今度は驚かない。さすがに二回目ともなると、それなりに冷静にはなれる。……うん？　カインのお迎えには慣れてない？　うん、何のことかな？

「今回は規模が違いますから。お兄様にやっていただかないと」

「……内容はなんだ？」

「黒輝石《こっきせき》。そう言えばわかりませんか？」

この兄はかなり賢いので、この言葉だけですべて察するだろう。

兄は、少し考える素振りをしたけど、すぐに考察を述べる。

「黒輝石《こっきせき》が学園内に持ち込まれたのか。侵入者がそれを気づかれないように仕掛けるのは困難だから、おそらく内部の人間。そして、お前の交友関係などたかが知れているから、偶然、それを見つけたか、それを仕掛けた存在と知り合いだったんだな？」

さらっと失礼なことを言われたけど、まぁその通りだ。

まだ前世の記憶を思い出していないころには、この毒舌《どくぜつ》にいつも腹を立てていたような気がするけど、自分と似たようなタイプなのかもしれないと思うと、あまり苦手に感じなくなった。

私も、毒舌《どくぜつ》会長なんて呼ばれていたのだから、周囲からどう思われていたかなんて、嫌でも想像ができる。取り繕《つくろ》いができない性格なんだろうな、お兄様も、前世の私も。一応、気遣いはしていた分、私の方が上だと思いたい。

「私の場合は後者です。ですが、それには少々複雑な事情がございまして、お話をお聞きしたところ、情状酌量《じょうじょうしゃくりょう》の余地はあるかと……」

どんな理由があろうと、黒輝石《こっきせき》を持ち込んだのは事実だ。無罪放免《ほうめん》とはいかないだろう。でも、自らだけの意志で持ち込んだわけではないことと、私が言うまで仕掛けていなかったことを踏まえたら、情状酌量《じょうじょうしゃくりょう》の余地ありと認められるのではないだろうか。

後半は、私の証言しかないが、前半は、その犯人を見つければ証明できる。ついでにこの国の膿《うみ》を掃除できるのだから、何の問題もないだろう。

「それで、なぜ私に頼んでくる？　お前が父上に渡しても問題ないはずだ」

お兄様の言うことはもっともだ。私が渡しても問題ないどころか、普通はその現場を見つけた私がお父様に報告するべきなのだ。

「理由は二つあります」

私は、そうやって前置きをして、もったいぶらせる。

「一つは、私にお兄様ほどの信頼性がないこと。別に虚言癖《きょげんへき》があるわけではありませんが、いろいろやらかしていた悪女よりも、次期公爵として名を馳せている、お兄様の方が説得力があります」

誰だって、犯罪者と警察の言うことなら、警察の方を信じる人が多いだろう。私は、犯罪者とまではいかなくても、評判が良いわけではない。

そんな悪女の言うことを、本気にしてくれる人がいるだろうか。いや、そこまではいないだろう。

場合によっては、私が仕掛けたと疑われる可能性もなくはない。それに比べたら、お兄様は評判も良いので、信頼してくれる人が多い。

「二つ目は、今回のことに貴族が関わっているらしいこと。確信があるわけではありませんが、貴族が関わっているのなら、男性であるお兄様の方が、都合がよろしいかと」

どちらかといえば、男性の方が力が強い貴族社会。女性の声は届きにくい。まぁ、届くといえば届くのだが、どちらかといえば、男性の言うことの方が信用されるのだ。なぜかというと、女性は相手を貶《おとし》めるために、嘘をつくことが多いから。

なので、平民ならともかく、相手が貴族だと、相手の地位を貶《おとし》めるための虚言ではないかという意見が出てきてしまう可能性がある。その可能性の芽を少しでも摘むためには、お兄様の方が都合が良いのだ。

「確かに、どちらも一理ある。だが、証拠がなければ、さすがに報告はできんぞ」

「証拠なら、今も噴水に沈んでおります。確かめたいのでしたらどうぞご自由に」

「それなら、確認させてもらうとしよう。そして、一つ聞きたいのだが」

もう終わったので、帰る気まんまんだった私を、お兄様が引き止める。

「どうしましたか？」

「カイン殿とはうまくいってるのか？」

「……はい？」

思わず、そんな声が出てしまった。今まで妹の婚約事情なんて気にしてませんでしたよね!?

「なぜ、そのようなことを？」

「婚約解消する気なのかと本人が聞いてきたからな」

それに、私はカップを落としそうになった。よりによって、カインがお兄様に聞いてきたのか!?

そして、なぜお前が聞く!?　どちらかといえば、こっちじゃないの聞くのは！

……よし、聞かなかったことにしよう。何も聞かなかったことに。そのままドアの方に――

「答えろ。リリアン・ベルテルク」

「…………」

一番答えに困るんだよ。だからこそ、何も言わない。言質《げんち》をとられてたまるか。もともと、無視するつもりだったんだもの。なんだかんだ応じていた私の覚悟が甘すぎたんだ。これからは徹底的に無視しよう。

そしてそのまま、私は本当に何も答えずに部屋を出ていった。

＊＊＊

じめじめとしている。もうどれくらいここにいるのかわからない。

二人の小さな少女と少年が、牢屋《ろうや》の中にいる。

「ウィル。寒い……」

「大丈夫だよ、リル。くっついていれば寒くないから……」

そう言って、ウィルはリルに抱きつく。体温はちっとも変わらないはずだが、そうしているだけで、暖かく感じた。

「えーっと、ウィルくんとリルちゃんかな？」

「「っ!?」」

急に自分たちとは違う元気な声が聞こえて、そちらの方を見ると、自分たちの一番上の姉くらいの大きさの少女がいた。

「うちはね、メイアって言うの。ご主人様の命で、二人の救出と大掃除に来たんだ〜。さて、外に出ようか」

メイアと名乗ったお姉さんは、手際よく南京錠《なんきんじょう》を開けて、牢屋《ろうや》の扉をガラガラと音をたてて開ける。

「か、鍵なんてどうやって手に入れたの？　あれは、怖いお兄さんが……」

「あぁ、その怖いお兄さんに譲《ゆず》ってもらったんだ。ほら、行こうか」

譲《ゆず》ってもらえるなんて、そんなことがあるわけがないのは、ウィルとリルにもわかった。

正直、信用できるかと言われれば、信用はできないが、ここにいるよりはましかもしれないと、ウィルとリルはメイアの手をとった。

そのとき、メイアは急に自分たちに背を向けて、入り口の方を警戒《けいかい》する。それと同時に、カキンという金属音が響いた。よく見たら、いつの間にか、メイアの右手には、短剣が握られている。そして、その近くに別の短剣が刺さっていた。

それを見て、その刺さっている短剣はメイアが自分の剣で捌《さば》いたのだと気づいた。まったく、目で追えなかったけど。

「今のに気がつくか。お前ら、ただ者じゃないな」

そう言いながら、一人の男が姿を現す。ウィルとリルは、反射的にメイアの後ろに隠れた。その男は、自分たちを閉じ込めた仲間だと気づいたからだ。

「そうかい？　君の気配がわかりやすすぎて、いつ刺してやろうかと思っていたところだよ」

「そいつらを出してもらっては困るんだよ。また仕舞ってもらおうか」

わかりやすく挑発してみたが、男はその手には乗らない。

あの鍵を持っていた男は、若い女のメイアが少し挑発しただけで逆上してくれたが、そんなバカだけではないらしい。

「うちらもさぁ、この子たちが怪我してたら困るのさ。だからさ、仕舞いたいなら自分で仕舞ったら？」

「それなら、そうさせてもらおう」

そう言ったとき、男の右手に魔法陣が浮かぶ。メイアは短剣しか持っていないので、近づかれなければ平気だとでも思っているのだろう。

あまりにもわかりやすすぎて、メイアが軽くため息をつく。

「動かないでね」

小さな声でウィルとリルにそう言うと、メイアは地面に消えていった。

それに、ウィルとリルはもちろんのこと、男も驚いている。

「「えっ!?」」

「なっ!?　どこに行った!?」

「あんたの後ろ」

男の後ろから声が聞こえてきて、男は慌てて振り返ろうとするが、もう遅い。メイアは男の首に一撃を入れる。その瞬間、男は意識が朦朧《もうろう》とし、そのまま気絶してしまった。

「ほら、行こっか」

「う、うん！」

このお姉さんは大丈夫だ。そう思って、ウィルとリルは手を繋いでついていった。

＊　＊　＊

メイアがウィルとリルを救出したころ。近くで乱闘が起きていた。

それを起こしていたのは、モニカに黒輝石《こっきせき》を渡していた集団だった。だが、あのときのような態度とは裏腹に、ほとんどが地面に転がっている。

「な、なんなんだお前らは！」

「お前たちのようなやつらに名乗る名などない。主《あるじ》の命により、貴様らを排除《はいじょ》する」

一人の女が、座り込んでしまっている男を威圧《いあつ》するように言った。

その周りには、一人の男と少女が立っている。

「サリア。やりすぎるなって。生け捕《ど》りだって言われただろ」

「そうだよー。排除《はいじょ》命令は出てないよー？」

二人が言葉で止めると、サリアと呼ばれた女は視線だけを二人に向ける。

「無論、殺すつもりはない。お前たちの方は終わったのか」

「はいはい。白梟《しろふくろう》第二部隊、任務完了」

「白梟《しろふくろう》第三部隊、任務かんりょー！」

男の方は淡々と、少女の方は右手をあげながら元気に報告した。この二人は、白梟《しろふくろう》に三つ存在している部隊の、第二部隊隊長のルクトと第三部隊隊長のレア。第一部隊隊長であるサリアとは同じくらいの地位だが、第一部隊であるサリアの方が立場は上だ。

彼らの〝白梟《しろふくろう》〟という言葉を聞いて、へたり込んでいる男は震え出した。

「し、白梟《しろふくろう》……？　なんで、そんなのが……」

「主《あるじ》からの命だ」

「お前たちを本邸に送れとさ」

「何されるんかね〜？」

サリア、ルクト、レアの順番で話し出す。レアは、何されるんかね〜と言っておきながら、その顔はニヤニヤ笑っている。

「これ以上話すのは時間の無駄だ。レア。眠らせとけ」

「はいはーい」

「何をっ……す……る」

サリアの指示を受けて、レアは人差し指を男の額《ひたい》に当てる。そして、魔力を通して眠らせた。

「さーて、あとはルクトに任せた！　レアは眠いから帰って——ぐえっ」

「誰が帰っていいと言った？　主《あるじ》への報告が先だ」

レアがその場を立ち去ろうとすると、サリアがレアの襟を掴《つか》んで注意する。

レアは、面倒くさそうな顔をしながらも、サリアの言う通りだと思って、ため息をついた。

「わかったよー。ご主人への報告が終わったら寝てもいいよね？」

「終わったらな？」

「いぇ〜い！　それじゃあ、ご主人のところに行こう！　早く行こう！　すぐに行こう！」

拳を上に突き上げながら、レアは元気よく走っていった。

「あれだけなら普通の子どもに見えるんですけどね〜」

「まぁな。私も行くが、ルクトはそいつを転移させてから来いよ」

「了解」

先に向かうサリアを見送ったあと、クルトも眠ってしまった男を転移させて、主《あるじ》であるリリアンの元に向かった。

＊　＊　＊

最近のカインの行動がわからない。なんか、婚約解消されたら困るみたいな行動に思えるのだ。私としては、このままいけばそうだよなくらいにしか思ってないので、別になろうがならなかろうがかまわない。向こうが婚約者として自分を意識してくれるのなら、こっちもそれなりの誠意は向けようとは思っている。

こっちが不利なのは嫌だからね。でも、お兄様に聞く意味が全然わからない。別に、聞いてくれれば答えるよ？　気分で。最近は、お迎えを半分くらい無視してるからかもしれないけど。だって、気にするだけ無駄だと思ったからね。無視したら、なんでか雛《ひな》鳥みたいについてくるから、無視しようが応対しようが、あまり関係なくなっているけど。

「リリアン様！　両親から連絡があったのですが、ウィルとリルが戻ってきたそうです！　どうやったんですか？」

ちなみに今は、保護とかも兼ねて、モニカちゃんと寮の部屋にいる。

あれからモニカちゃんには、妙に懐《なつ》かれているような気がするけど、以前とは違う、わだかまりのようなものがなくなったからだと思っている。

「裏組織には裏組織をぶつけたの。目には目を歯には歯をってやつよ」

「あぁ、七影のことですよね？　誰をぶつけたんですか？」

「白梟《しろふくろう》」

私がそう言うと、モニカちゃんは「へっ？」という声をあげてポカーンと口を開いている。

「え～と……一部隊ですよね？」

おそるおそるという感じで手をあげながら聞いてくる。

「全部隊ぶつけたけど？」

メイアに言ったとき、それなら全部隊ぶつけた方が早くすむっていうアドバイスをもらったからね。

「使い方が贅沢《ぜいたく》すぎますよ！　確かに、表向きに捕《と》らえないのにはいい役かもしれませんが……」

「一般的には、白梟《しろふくろう》ってどう思われてるのよ？」

ここまで白梟《しろふくろう》はすごい存在というのが広がっているとなると、それだけ畏怖《いふ》されているとなるが、一体何をやらかしたら畏怖《いふ》されるのかが全然わからない。というか、なぜ世間に広まっているのかも。個性的な子が多いけど、みんないい子なんだけどなぁ。

「よくあるおとぎ話に名前が出てくるんです！　クーデターを起こそうとした侯爵の首を討ち取ったのが白梟《しろふくろう》って言われてるんですよ！」

すごい興奮したように話すけど、おとぎ話に討ち取り表現が出てもいいのか？　そして、メイアが戦闘は業務外とか言ってたけど、それってがっつり戦闘になってない？　もしかして、寝首をかいたのだろうか？　それなら、侯爵家の警備網を掻《か》い潜《くぐ》ったのだから、確かにすごいかもしれないけど。

というか、なんでおとぎ話で広まっちゃってるのよ。影なら忍びなさいな。

「会ったことはないですけど、会ってみたいんですよね〜」

いや、思いっきり会ってるよ。このお茶を用意したの、メイアだからね？　でも、それは言えない。モニカちゃんの中で、こんなにも存在が美化されているのなら、それを打ち砕《くだ》きそうなことは言えない。

なので、この発言は聞かなかったことにして、無視するしかないのだ。

なんとなく居づらくて、私が部屋から出ようとすると、廊下を走る音が聞こえる。マナは廊下を走るなんてはしたないっていう考えだし、メイアはマナの言うことに従うから、メイアも廊下を走ったりはしない。走るとしても、こんな風に足音は出さないだろう。

それじゃあ、誰だ……？　そう思っていると、勢いよくドアが開いて、何かが私のお腹にぶつかってくる。

「ご〜主〜人！」

「ごふっ！」

私はそんな悲鳴にも満たない何かをあげて、意識が遠くなった。

＊　＊　＊

「リリアン様!?」

リリアンが誰かの突撃を喰らって倒れたので、モニカは慌てて側に駆け寄る。そして、脈《みゃく》を調べていると、正常だったので、気を失っているだけだとわかった。

気を失ったリリアンを見て、リリアンに乗っかっている少女がボソッと呟《つぶや》く。

「あっ、ご主人が死んだ」

「誰だか知りませんけど、勝手に殺さないでください！　ちゃんと生きてますよ！」

「レアはレアだよ！　白梟《しろふくろう》第三部隊隊長さ！」

「誰だか知らない」を、誰なのか聞いたように受け取ったのか、目の前の少女は自己紹介する。

自分の妹くらいの年齢に見える少女は、白梟《しろふくろう》の隊長であり、自分の憧れに近い感情を抱いている白梟《しろふくろう》がこんなのだと知り、モニカは二重の意味でショックを受けた。

「おいレア！　今度は何をやらかした！」

その次は、自分よりも少し年上そうな男性が入ってくる。第三部隊隊長であるレアを呼び捨てにしているので、彼もそれに近い立場なのだと悟った。

「ルーくん！」

その姿を見たレアと名乗る少女は、目を輝かせている。

「ルーくんじゃない！　ルクトだって言ってるだろ！」

「ごめんごめん。ルクト、どうしたの？」

「どうしたのじゃないだろ！　お前が今、クッションのように踏んでいるのは誰だ！」

「ご主人だよ！」

「今すぐどけ！」

ルクトに強い口調でそう言われて、レアはすぐに従った。

「まったく……突撃で寝ちゃうなんて、ご主人も根性ないな〜」

「お前の突撃を喰らったら、十人中九人は診療所送りになるぞ」

ルクトが冷たくそう言うと、レアはきょとんとして、「そんなわけないじゃん」と笑っている。

「そんなわけあるわ」

今度は、自分より少し年上そうな女性が入ってくる。

「何度も突撃は止めろと言ってきただろうが。お前の突撃は凶器なんだよ」

女性がレアに注意すると、レアはショックを受けたような顔をする。

「そんな！　レアの突撃は愛なんだよ!?」

「愛が伝わる前に、死の恐怖が先に伝わってるんだよ！　いい加減学習しろ！」

「レア隊長、ルクト隊長、騒がしいですよー。どうしたんです……か……」

レアとルクトが言い合いをしていると、今度は先ほど自分たちにお茶を運んでくれた存在が来た。でも彼女は、ある方向を見て固まっている。その視線の先にあるのは、先ほど入ってきた女性だった。

「サリア隊長もいたんですね〜……それじゃあ、私はこの辺りで……」

部屋にやってきていきなり去ろうとした彼女を、サリアと呼ばれた女性が肩を掴《つか》んで止める。

「メイア。なんですぐにどこかに行こうとするんだ？」

その女性が、メイアと呼んだことに、モニカは少し引っかかりを覚えた。どこかで聞いたことがあるような気がするのだ。

記憶を探ってみると、両親が弟妹に聞いた名前で、助けてくれたあげく、お菓子もおごってもらったお姉ちゃんとして出てきていたのを思い出した。

「ウィルとリルを助けてくれたと聞きました。ありがとうございます。しかも、お菓子もおごってくれたとか……」

「あっ、どーいたしまして。それじゃあ……」

メイアは、なぜかそそくさとどこかに立ち去ろうとする。そんなメイアを、サリアが冷たく睨《にら》む。

「おい。お菓子は私は聞いてないんだが……？　まっすぐ送り届けたと言ってなかったか？」

「あれ？　パフェをおごってもらったって両親に自慢話のように話していたそうですけど……」

モニカがそれを言うと、女性の周りに吹雪が見えた。自分は、何か失言をしてしまったのかと焦り出す。

「メイア。私とお前は話し合う必要がありそうだな？」

サリアは、ぽんとメイアの肩に手を置いた。

「あっ、いや、え～と……さらば！」

メイアは、掴《つか》まれていた肩を振り払って、どこかに行ってしまった。

「逃がさん」

すぐにサリアはあとを追う。残っているのは、気を失ったリリアンを除けば、レア、ルクト、モニカだけだった。

「あの……私は何かまずいことを？」

「いえ、気にすることはありませんよ。あれはいつものことですから」

「白梟《しろふくろう》名物！　サリーとメイメイのおいかけっこだよ！」

そんなのが名物なのはどうかと思うけど……

そんな目で、自慢そうに言っているレアを見つめている。

「それで、リリアン様は……」

「気を失っただけでしたら、すぐに目を覚ますと思いますよ。ずいぶんと心配性なことで」

「当然ですよ！　リリアン様は私にとっては大切な存在なんですから！　太陽のように美しくて、高潔《こうけつ》で、それでいて親しみやすくて、それで……」

「あっはい。わかりましたので、そこまでで結構です」

今にも語り出しそうなモニカを、ルクトは慌てて止めた。それに、モニカは不満を漏らす。

「まだ序章なのに……」

「時間があるときにお聞きしますから。我々のことは他言せぬようにお願いいたします。ほら、行くぞレア」

ルクトは、レアの襟を掴《つか》む。

「嫌だ～！　ご主人に報告しないとレアのお昼寝タイムが～！」

じたばたと抵抗するレアに、ルクトは言う。

「誰のせいでこうなったと思ってるんだ。お前も逃走者として、あの二人とのおいかけっこに参加することになるぞ」

「なぬ!?　それは困る！」

そんなことを言い合いながら、みんなどこかに行ってしまった。

（嵐のような人たちだったな）

そう思いながら、なぜか笑ってしまった。

イメージとは確かに異なるが、ウィルとリルを助け出してくれたお人好しな存在でもあり、自分に存在を知られたというのに、特に何か対処せずに、口外しないように頼む程度ですます慈悲《じひ》深さ。

それはどこか、リリアンに似ているようにも思える。

（リリアン様に言ったら、怒るかしら？）

リリアンが一緒にするなと言い返すところを微笑《ほほえ》ましく想像していると、ドアがコンコンと鳴る。

リリアンは気を失っているので、モニカが代わりにドアを開けて対応した。

「あの、リリアン様はお休み中なのですが、何か用ですか？」

ドアの向こうには、マナが立っていた。

「旦那様から、お手紙をお預かりしていたので、お渡しに来たのです」

「手紙……ですか？」

手紙の内容はわからない。それなのに、モニカはなぜか寒気を感じた。

＊　＊　＊

「う〜ん……」

あれ……？　なんで寝ていたんだろう？　お腹に衝撃が来たと思ったら、意識が遠くなったところまでは覚えてるんだけど……

いつの間にか、ベッドに寝転がっている。

「あっ、リリアン様！」

「モニカさん……？　私、どうしたのかしら……？」

「ちょっと頭のぶつけどころが悪かったみたいです」

お腹に衝撃が伝わった気がするけど、確かに頭も痛い。変なところにぶつけてしまったのかな？

「そういえば、リリアン様。マナさんがお手紙を持ってきていましたよ」

そう言って、モニカちゃんがどこかぎこちなく手紙を渡してくれる。モニカちゃんの様子も相まって、なんだろうと思いながらそれを読んでみると、思わず顔が歪《ゆが》んでしまった。要約するとこうだ。

『モニカ・テンフェルを連れて、本邸に来い』

嫌だよ。せっかく面倒くさいことをお兄様に押しつけたのに……！

ここで従ったら、またなんやかんや流されそうだから、今回は無視してしまおうか。でも、犯罪者を庇《かば》ったとかいう噂《うわさ》が流れるのも面倒。無視してしまえば関係ないが、それで家が関わってきたりの大事になるのは、ちょっとだけ困る。騒動の真ん中には置かれたくない。

まぁ、父親の自己中みたいなことはない。今回のことは、私も騒動の中心部分にいるのは事実なのだ。

攻略対象もヒロインもシナリオも関係ないと思っているのは事実。今の私は、完全にシナリオを無視しているし、いまだにヒロインと遭遇《そうぐう》していない。見かけても声もかけないけど。

ここでこの呼び出しを無視しても、間違いではないだろう。ここで無視を決め込んだときに失うものと、手に入れるものを冷静に天秤《てんびん》にかけてみる。

考えた結果、モニカちゃんを送るだけにしておくことにした。

「モニカさん。ベルテルク家の本邸に行くわよ。理由はわかっているでしょう？」

「……はい」

私がそう言うと、少しうつむいて返事をする。さっきまでまだ笑顔を浮かべていたが、それは、完全に消えている。

「そういえば、両親には話したの？」

「はい。父さんからは軽めのげんこつを喰らってしまいました」

DVみたいな感じだけど、そうされても仕方ないとは思っているようだ。まぁ、軽めだそうだし、本人もあまり気にしていないので、私が気にする問題ではないだろう。

「まぁ、心の準備はできていたのでしょう？」

「はい！　私が一人で戦います！」

「なんで一人だと思うの？」

「リリアン様は、面倒くさそうなことはとことん避ける傾向にあるじゃないですか。だから、一人かなと思ったのですが……」

違いましたか？　とたずねてくるモニカちゃんに、私は何も言わなかった。

そんなに長い付き合いでもないのに、私の性格が完璧にばれているようだ。まぁ、面倒くさいことになりそうなときは、無視もしてないしね。面倒くさいが無視しようの意志に勝ってしまうのよ。なるべく気をつけてはいるのだけど……。そもそも無視しようと思ったのも、攻略対象に媚《こび》を売るくらいなら、という考えでやっていることだし。

私の覚悟が甘すぎるんだろうなぁ。いやまさか、無視していた結果、攻略対象が寄ってくるとは思わなかったもの。予想外のことが起きて調子を狂わされただけだ。

別に、決意は揺らいでいない。カインが今まで自分を婚約者として扱っていなかったのは事実だし、お兄様は名前を呼んでなかったし、攻略対象ではないけど、お父様も娘として見てくれなかったことは事実だし……

うん。やっぱり、媚《こび》を売る必要ないよね。適当に受け流して、無視してればいいよね。

でも、完全に無視するということは、下手したら何の関係もない人を巻き込むことになるかもしれなくて……それを犠牲《ぎせい》にするってことになる。

よくある、ヒロインがざまぁされるとか、攻略対象が自分にだけかまってくるとか、悪役令嬢（私）と、ヒロインと、攻略対象だけの関わりだったなら、それは別にどうでもいいんだけど、他の人に迷惑がいくのは、こちらの良心に響く。

カインが今さらこっちに構ってきても、それは無視すればいいけど、モニカちゃんの悪行未遂とかは、無視すれば下手すれば死者が出たりもする。それを知っていて無視できるほど、私は非情ではない。

本当にさぁ、ゲームの世界ならゲームだけのイベントが起きてほしい。それなら遠慮なく無視ができるのに。さすがにモニカちゃんが犯罪紛《まが》いを起こすようなことは、乙女ゲームにはなかったはずよ？　隠しキャラのことは、友人からの情報しかないけど、そんなのがあれば、友人はニコニコして教えてきそうだし。

あ、あと、『青き月』もいなかったよね？　少なくとも、私が攻略を隣で見ていたカイン、クライスのときには出てこなかったぞ？　もしかしたら、隠しキャラのルートだけで出てくるのかもしれないけど。

「ほら、行くわよ」

「はい！」

今から裁《さば》かれに行くというのに、なぜか元気なモニカちゃんを連れて、私は本邸に向かった。

そして、本邸についたとき、玄関にお兄様が偉そうに立っていた。腹立つ。

「じゃあ、あとは任せました。お兄様」

「あっ、やっぱり逃げる気なんですね」

馬車に戻ろうとした私に、モニカちゃんはからかうような笑みを向けてくる。

逃げることの何が悪い？　面倒くさいことはノーサンキューだ。

「お前も呼ばれてるんだぞ」

「そんなのは知りません」

勝手にやっててくれ。ここに連れてきただけましだろうよ。情報なら、白梟《しろふくろう》がいるだろうが。
私がお兄様に報告するように言っておいてあげるから。舞台から退場させてくれよ。

私が冷たく言うと、止めるのは無駄だと思ったのか、それ以上は何も言ってこないで、馬車に乗せてくれた。さて、学園に戻って、のんびりしているとしますかね。

学園の寮に戻って、ベッドでゴロゴロしている。ちなみに、メイアを通して、白梟《しろふくろう》にはお兄様とお父様に報告するように言っておいた。はずなんだけど……

「ご主人のベッド、フカフカだね～」

私の隣に、明らかに十歳前後にしか見えない少女が寝転がっている。名前はレア。この容姿からは想像ができないが、白梟《しろふくろう》第三部隊の隊長らしい。それに、幼女に見えるだけであって、実際の年齢はお父様以上とか言ってたかな。

つまり、見た目はロリだけど、中身はババアってことなんだよね。

そんなことを考えていると、じーっと疑うような目で見てくる。

「……ねぇ、ご主人。失礼なことを考えなかった？」

白金《はっきん》の髪に、サファイアのような青い瞳で、顔立ちも整った美少女だから、見た目は天使みたいなんだけど、メイアの話では、一番腹黒いらしいのよね。

それで、ロリデビル隊長なんて呼ばれているらしいよ？　隊長の威厳《いげん》なんて欠片《かけら》もないなと思ったよ。

「なんであなたがここにいるのよ」

質問には答えずに、私がそう聞くと、一瞬きょとんとしたが、すぐに説明してくれる。

「ご主人のベッドでゴロゴロ……じゃなくて、ご主人の護衛だよ～」

最初に本音が出たな。でも、建前である護衛ってなんなんだろう？

「護衛って何が？」

「『青き月』を殲滅《せんめつ》したわけじゃないからさー、逆恨みされるかもしれないでしょ？」

それを言われて、私は『青き月』が大規模な組織だったのを思い出した。モニカちゃんの弟妹の誘拐に、すべての組織の人間が関わっているわけがない。ほんの一部なんだろう。

私が命じたのは、弟妹の救出であり、組織の殲滅《せんめつ》ではないので、生き残りがいるということか。

「まぁ、ご主人はご主人だからさ、危険なじょーきょーからは守ってあげるよー」

ふわぁとあくびをしながらそんなことを言われても、何の説得力もないんだけど。よりによって、なんであんたなのさ。

レアのかける魔法の一つ、相手を眠らせるのは結構効果的なのかもしれないけど、本人が起きてなきゃ意味がないと思うんだ。

「それなら、モニカさんも危険なんじゃないの？」

モニカちゃんは、元は組織の人間だ。捕《と》らわれていただけだけど、ウィルくんやリルちゃんよりは証言能力があり、しかも自分たちの手駒として動いていた。自分たちをよく知っている人間を、生かしておくのは損しかないと思う。

そう思って聞いてみたけど、レアはあははと笑っている。

「だいじょーぶだいじょーぶ。サリーがいるからね～。いざとなれば、ルーくんもいるし、だいじょーぶだいじょーぶ」

サリーとルーくんって誰だよ。サリーはともかく、ルーくんは絶対に正式な名前じゃないだろ。

一番あり得そうなのは、同じく第一部隊の隊長のサリアと、第二部隊の隊長のルクトだろうけど、絶対にそうとは言いきれないし。

それに、もし本当にそうなら、その二人を私に当ててほしかったんですけど。

「それにね～、レアも強いし、メイメイも強いから、だいじょーぶだよ」

今度はメイメイ？　本当に誰？　この辺にいるので、メイメイと響きが近い名前は、メイアだけど……呼び方がパリピみたいなんだよね。偏見かもしれないけど。

「ご主人はレアが守るからね～。さっきは愛の突撃で気絶させちゃったし……」

本当に無意識で、ボソッと呟《つぶや》いている。

さっきの気絶と言えば、私が本邸に行く前に、部屋から出ようとしたときのだろう。

さっきの気絶はこいつが原因かよ！　確かに、何かがぶつかってきて、頭を打ったような気がしたけど！

……あれ？　ちょっと待てよ？　そうなると、その場にいるモニカちゃんにレアの姿は見られてるんじゃないか？

「ねぇ、モニカさんに見られた？」

「うん！　サリアとルーくんとメイメイも一緒だったよ！」

おい白梟《しろふくろう》！　本当はポンコツ部隊なんじゃないか!?　どういう経緯かは知らないけど、なんでモニカちゃんに見られてんのよ！

あと、笑顔で言うことじゃない！

まぁ、内緒にしててと頼んだら、そうしてくれるだろうけど、モニカちゃんの中の白梟《しろふくろう》の像は、百パーセント崩《くず》れただろう。

「なんで見られるようなことをするのよ」

「早く報告してお昼寝したかったんだも～ん。それに、誰かに言いふらすつもりなら、その前に消すから無問題《もうまんたい》だよ～！」

なんちゅう自己中な……うん？　ちょっと待って？　今、すごい怖いこと言わなかった？

「消すって……物理的じゃないわよね？」

私がおそるおそるたずねると、レアはニコニコして答える。

「ううん、記憶だよー。まぁ、場合によってはそうするかな～」

私はそれを聞いて、ほっと一安心……じゃないな。場合によっては!?　その場合によってはを否定しろ！　そして、記憶を消すのもだいぶヤバイと思うんだけど？

ロリデビルなんて呼ばれている理由がわかったわ。見た目は純粋なロリなのに、考えていることは悪魔みたいだもの。

「絶対にやらないでよ？」

「がんばってみるよー」

がんばってみるよーじゃないんだよ！　やるな！　それにしても、記憶なんてどうやって消すの？　それに、眠らせるのもどうやるんだろう？

そもそもゲームでそんな魔法あったかな？

私は、前世の記憶をたどってみる。

そして、前の裏設定の話をしていたときに、こんなのもあったような気がした。

『実はね〜。隠しキャラはね、希少魔法の使い手なんだよ！』

前世の友達の明莉《あかり》がわくわくしたように言う。

私はそれに、『希少魔法？』と返していた。

『火、水、風、土が基本属性で、光、闇、雷、緑が派生《はせい》属性なんだけど、このどれにも当てはまらない魔法が、希少魔法なの！』

そうやって、興奮して話していたような気がする。

私は、側ですーすーと寝息を立てているロリ娘を見る。もしかしたら、希少魔法の使い手なのかな？　もしかしたら、違うのかもしれないけど。

とりあえず、私が言いたいことは一つ。

護衛なら寝るんじゃないわ！

＊　＊　＊

レアが眠っているのを見ると、リリアンも眠くなってきてしまい、そのままうとうとしながら眠りにつく。

それから約一時間後。レアが目を覚ます。リリアンに触れて、眠っているのを確認すると、ベッドから降りた。

「う～ん……よく寝たことだし、ちょっとお仕事するかな」

レアは、ドアの方に歩いていく。そして、ドアを開けて、外にいるメイアに声をかけた。

「メイメイ！　ご主人のことよろしくね～」

「どこかに行かれるんですか？」

「楽しいところ！」

ニコニコしながらそう言って、レアは立ち去っていく。

（あれは……悪魔の方だ）

そのレアの笑顔とは裏腹に、メイアは額《ひたい》に汗を浮かべていた。

＊　＊　＊

レアは、学園内を移動している。とは言っても、レアは見た目だけで、ここの学園の関係者ではないことがばれてしまうので、こそこそ隠れながらの移動だ。

そしてまずは、ある教師のところに行っている。自分の主《あるじ》の頬をひっぱたいていた教師だ。あの場には、証人となる存在が何人もいたので、停職処分になっていた。普通なら、即退職でもおかしくないが、本人がそこまで問題にしていなかったので、停職になった。

レアが直接見に来たのは、彼が逆恨みとかしていないか。今回の処分もあるが、どちらかといえば、理由はもう一つの方だ。

自分たちがなるべく『青の月』を殲滅《せんめつ》に近づけるように調べているときに知ったこと。その教師が、その組織に関わりがある可能性が浮上したのだ。それは、学園にいたモニカの監視のために、潜り込ませたという。だが、それよりも前に問題を起こして停職させられたため、組織から切られる寸前なのだとか。

そんな存在なら、気にすることもないかもしれないが、念には念を入れておいた方がいい。

今は停職中の身なので、自分の家にいるはずだ。それで、あらかじめ調べていた男の家に行ってみるが、もぬけの殻《から》。

（こりゃあ、黒かもなぁ……）

そう思いながら、レアは、近くに住んでいる人に聞いてみる。

「ねぇねぇ。ここのおにーさん、どこに行ったか知らない？」

女性に声をかけると、女性は不思議そうな顔をしながらも、質問に答えてくれる。

「さぁ……？　私が出かけようとしたころにはいなかったからねぇ……」

「本当に？　何かおかしなこととかなかった？」

赤く光る目を、女性に向ける。普通なら、子どもにしか見えないレアがこんなことを聞いてくるなんて、不審にしか思わないだろうが、女性は「あぁ」と思い出したように話し出した。

「そういえば、男たちとなんか話してたっけねぇ。誰にも言うなと言われたけど……」

「そっか！　ありがと！」

それを聞くと、レアはサファイアのような青い瞳を向けて、女性に手を振りながらお礼を言う。

レアが立ち去ると、女性はドアを閉めて、あれっと首をかしげる。

「さっきまで外にいたのに、なんで家の中に戻ってきたのかねぇ？」

それに、小さな少女と話していたような気がする。疑問に思ったが、もしかしたら外に出たつもりでいたのかもしれないと再び外に出た。

「さて、買い物に行くかね」

＊　＊　＊

一人の黒髪の男が、路地裏を歩いている。停職処分になった教師、ルキスだ。そのルキスは、今にも怒鳴り散らしそうな雰囲気で、路地裏を歩いている。それもこれも、あの公爵令嬢のせいだ。

自分は、モニカが余計なことを起こさないか、監視のために送られた。そのとき、モニカの隣に座った少女と何か話していたので、会話の内容を聞くために、なんとでも理由をつけて呼び出した。

それを、あの女は無視した。生徒が教師に呼び出されたのであれば、従うのが当たり前であるというのに。仕方なく、自分から出向いたら、再度彼女は無視したのだ。自分が肩を掴《つか》むまで。
そして、公《おおやけ》の場で堂々と自分を侮辱《ぶじょく》した。冷え冷えとした視線を向けて。お前と話したくないからどこかに行け。視線だけでそう言われているのは、すぐに気づいた。侮辱《ぶじょく》されて、周りに笑われて、そんな視線を向けられて、ルキスの我慢は限界に達して、手を出してしまった。出したときは、思わずまずいと思ったが、生徒のくせに、教師である自分に楯突《たてつ》いたのだから当然だと思考をすぐに塗り替えた。

てっきり、泣き出すか癇癪《かんしゃく》を起こすと思っていた。あの冷え冷えとした表情を、思いきり変えてみたかった。でも、叩かれても、表情は全然変わらなかった。むしろ、軽蔑《けいべつ》するような視線に変わった。

そして、授業中だからどこかに行けと抜かしたのだ。そして、自分は停職処分を喰らった。腹が立たないわけがない。

そして、『青の月』から、監視をする自分がいなくなったせいで、モニカが寝返ったと、すべて自分のせいにされて、とかげの尻尾切りのように、見捨てられた。

「全部……全部、あいつのせいだ……！　あいつも、モニカも始末して、再び月の民に……！」

「バカみたいな考えしてるなぁ。もうちょっと賢い行動をしなよ」

上の方からそんな声が響いてくる。見上げるものの、そこには誰もいない。

気のせいかと思って再び前を向くと、そこには年端《としは》のいかない少女が立っていた。

「停職中のルキスだね？　探すのにずいぶんと時間がかかっちゃったよ」

その声は、先ほど上から聞こえた声と同じだった。

「お、お前、いつの間に……」

「そんなのはどうでもいいんだよ。レアのご主人が『青の月』を嫌ってるからさ、それを処分したいから、詳しく情報を教えてよ」

　何を言っているのか一瞬わからなかったが、レアという名前には、聞き覚えがあった。以前に、『青の月』にいたときに、要注意人物として名前があがっていた。

『青の月』の情報網での調べによると、見た目は天使のようだが、本性は白梟《しろふくろう》でもっとも残酷と言われている悪魔だと。でも、それくらいしかわかっていなかった。なにせ、レアとは誰も遭遇《そうぐう》したことがないので、詳しい情報がわからないのだ。

「そんなの、教えるわけが……」

「勘違いしないでよ。レアは、教えてって言ったんだよ？　これはお願いじゃない、命令だよ」

　年端《としは》もいかなさそうな少女には見えないくらいの威圧《いあつ》。本能的に感じる、背筋を走る寒気。これは、恐怖だ。その恐怖で、ルキスは一歩も動くことができずに、少女は一歩、また一歩と詰《つ》めてくる。

　そして、とうとう至近距離まで迫ったとき、自分の手に触れた。そのとき、まるで全身の力が抜けたかのように、立てなくなる。

「立てないでしょ？　レアの希少魔法はばんのーなんだ。それじゃあ、いろいろ話してもらおうかな」

「話さないと言っているだろう！」

「君の意思なんかかんけーないよ？　レアがちょっと本気を出せば、何でも正直に話す素直な子にできるんだから。そのあとは、とっても素敵な男性教師に変えてあげるね！」

まるで新しいおもちゃを見つけたかのように、微笑《ほほえ》みながら話す。

それは、天使なんかではなく、悪魔の笑みだ。

「そ、そんなこと……」

「レアの大切なご主人様に手を出したんだから、これくらいは当然でしょ。生かしてあげるだけでも感謝してもらわなきゃ！　それじゃあ……今からいい子にしてあげる」

じわりじわりと迫ってくるレアの手と、悪魔の微笑《ほほえ》みを見て、男の顔には絶望が浮かんだ。

＊＊＊

「ふんふんふーん♪」

ご機嫌に、レアは路地裏から出てくる。あまり長居しすぎると、主《あるじ》であるリリアンに気づかれ怒られてしまうかもしれないので、今から学園に戻ろうとしているところだった。

レアは、帰り道でリリアンのことを思い浮かべる。

「ご主人は〜、何してるっかな〜」

レアがリリアンに興味を惹かれたのは、リリアンが変わった精神をしているからだった。レアは、精神魔法の使い手。精神を操って、相手を眠らせたり、自白させたり、本気を出せば、性格も変えられる。

そんな彼女は、相手の精神を見ることもできる。そして、初めてリリアンに会ったとき、その不思議な精神に惹かれたのだ。明らかに、体の年齢以上の精神が、宿っていたから。

大人びている子どもがいるにはいるが、それでも精神は、体とそんなに変わらない。少し精神の方が年上かなというくらいだ。でも、リリアンは、体と精神が、十歳くらいは離れている。

なんでそんなことになっているのかはわからないが、そんな状態に、最初は純粋な好奇心で惹かれた。それが、いつの間にか、一緒にいたい存在に変わり始めていた。

見た目が子どもだからって、バカにするようなことは、少なくとも口や態度に出したことはない。自分の本性も知っているだろうに、それで離れようとはしなかった。

自分が突撃で気絶させてしまったのに、それを怒るようなこともしなかった。

白梟《しろふくろう》に配属されてから、自分は仕事をこなすだけの人形みたいになっていたが、リリアンと交流してから、楽しいことが多くなってきた。

まぁ、配属されてもわりと好き勝手していたところはあるけど。そのせいで物語になっちゃったりとかも……

それはともかくとして、ずっと見ていたら、案外リリアンに恋愛的な意味での好意を向けているものが多いのだ。

モニカとかいう少女は自覚しているのだろうが、カインとかいう、主《あるじ》の婚約者は、全然自覚していなさそうだった。

あんなことをされていて、全然その可能性に思い至らない主《あるじ》も主《あるじ》な気がするが。まぁ、自覚しないのなら、ずっとしていない方がいいような気もする。

そんなじれったい様子を見ているのは、案外面白いものだし、あんなのに渡すくらいなら、自分がもらってやろうという思いでいる。

自分のことは、良くても妹くらいにしか見られていないだろうが、今は別にそれでもかまわない。友人と形ばかりの婚約者よりは、自分が一番近いような気がするから。

（まぁ、鈍感なご主人を近くで見ているのが一番だけどね）

いつになったら周りの気持ちに気づくのか、それとも一生気づかないのか。

そんな不思議なご主人様の観察が、今の楽しみになっていた……のだが。

「どこに行ってたのよ？」

「えーっとね～……ちょっとお出かけに……？」

主《あるじ》がいる部屋に戻ったら、いつの間にか起きていて、明らかに怒っている。

（護衛なのに寝たのがいけなかったのかな？　それとも、勝手に処分したのがいけなかったのかな？）

そんな風に、なんで怒られているのか考えていると、こちらの方に歩いてきて、頭をぽんぽんとされる。

「あなたの年齢が私よりも上なのは知ってるけど、見た目は子どもなんだから、危険な目に遭いやすいのは変わらないのよ？　もっと注意しなさいよ」

「……ごめん」

普段なら、子ども扱いされたり、怒られたら不機嫌になるのに、リリアンに怒られるのは、そんな嫌ではなかった。それどころか、ちょっと顔を赤くする。

「レアさんが子ども扱いされて怒らない……？　明日は槍《やり》が降るんじゃ……？」

数分くらい前から扉の前に立っていたメイアが、中を覗き込んで驚いている。ボソッと呟《つぶや》いているので、主《あるじ》には聞こえていないだろうが、一般人よりも聴力が優れているレアには聞こえていた。

自分が子ども扱いされるのを嫌うのは白梟《しろふくろう》どころか、七影共通の認識なので、そう思うのも仕方ないかもしれないが、そんな風に言われると腹が立つというもの。

「メイメイ。明日って暇《ひま》？」

「へ……？　まぁ、予定はありません……け、ど……」

メイアは、だんだん顔が青から白に変わってくる。

(どうしたんだろうなぁ？　メイアは)

レアは、内心ほくそ笑みながらメイアの方に近づいていく。

「レアと特訓に付き合ってくれない？」

「いやいや！　私は隊長の修練《しゅうれん》相手には不釣り合いかと……」

「えぇ……いいじゃん」

自分の体格を生かして、落ち込むようなポーズをとると、後ろから助け船が入る。

「暇《ひま》なら別にいいんじゃないの？　私はマナがいれば大丈夫だし、悪意には結構敏感な方だから、そういうのが近づけばわかるわよ？」

「ダメ？」

最後のだめ押しとばかりに、そう言うとついに、「行ってきなさいよ」と命令ともとれるような言葉を使った。

自分が腹黒いと知っていても、中身が大人とは知っていても、見た目は子どもなのだ。そういう風に見られているのは知っている。なら、自分の体格を存分に利用するだけだ。

「……かしこまりました」

今にも泣き出しそうな顔をして、メイアがうなずいた。

「それじゃあ、明日はレアの代わりを連れてくるから、よろしくね～！」

「ええ」

ご主人であるリリアンは、ニコッと笑いながら返事した。

＊　＊　＊

翌日に目を開けると、見知らぬ誰かがいた。その子は、女の子みたいな感じだけど、マナともメイアとも違うような感じがする。

レアよりは年相応に見えるけどね。

「えっと……あなたは？」

「レア隊長の代理として来させられました、第三部隊所属のアイリスと言います」

表情をまったく変えずに説明した。来させられましたって何？　ここに来たくなかったけど、命令で来たみたいな言い方になるわよ。

「いえ。あのロリデビルにあごで使われるのが嫌だっただけです」

もはや、隊長とも呼ばなくなった。言葉には、不快が滲《にじ》むどころか、隠れもしていない。

「……嫌いなの？」

「あれが好きだという人を見たことがありません。私と同じような考えの者が大半かと」

マジで、何をやらかしたら部隊のほぼ全員に嫌われるの？　なかなかないよ？　仲間に嫌われるって。

　ここまで表情がまったく変わらないから、アイリスの素がもともとこんな感じなのだろうけど、レアは好きじゃないのは、嫌でも伝わってくる。

　私は、そんなに嫌いではないんだけどな。

「あなたたちの中で、レアってどんな人物像なの？」

「見た目は天使、中身は悪魔です」

　いや、それがどんな人物像なのって聞いてるんだけど。

「白梟《しろふくろう》の中で、もっとも残酷な考えをしていますよ。自分の行いが正しいと信じて疑わないような性格です」

そう言われて、場合によってはモニカちゃんを消す発言をしていたのを思い出した。

でも、残酷な考えをしているなら、その場で消しそうなんだけども。

「モニカ様は、あなたの友人だからではないですか？　あのロリデビルは、ずいぶんとあなたのことを気に入っておられるようですし。嫌われたくないのだと思われます」

「……ねぇ、さっきから心を読んでない？」

声に出していないはずなのに、私の質問にさっきから正確に答えているような気がする。

「私の希少魔法は、魔眼と呼ばれるものですので。目が黒いでしょう？　これであなたの心を読んでいます」

「……さらっと言ったけど、希少魔法が使えるの？」

私の記憶と乙女ゲームの設定に間違いがなければ、希少魔法は滅多にいないはずなんだけど。

「そうですね。その認識で間違っておりません。七影も、白梟《しろふくろう》の隊長と副長の計六人しか使えませんので」

充分いると思うんですけど？　……うん？　ちょっと待って？　隊長と副長？　それって、あの子も……？

「ええ。あのロリデビルも希少魔法の使い手です。あとは、サリア隊長、ルクト隊長、メイア副長、アグニス副長ですね」

名前は聞いたことが……あぁ、うん。ちょっと待って？　とんでもないのが交じってなかった？

副長の名前に、めちゃくちゃ聞き覚えのある名前が交じってなかった？

「メイアって……副長なの？」

「本人から聞いていないのですか？　一般隊員が隊長にあんな生意気な口は利けませんよ」

いや、そうかもしれないけど。そうかもしれないけど、偏見になるかもしれないけど、副長が侍《じ》女《じょ》をやってるなんて思わないじゃない。それに、隊長を怖がるのは見たことがあるけど、生意気な口を利いてるのは見たことがないし。

しかも、希少魔法の使い手なの？　どんな魔法を使うんだろう？　聞いたら教えてくれるかな？

「あれは、影魔法と呼ばれるのを使いますよ。相手の影を纏《まと》って成り代わったり、影と影を移動することもできます」

「あっ、教えてくれるのね」

「メイアから口止めはされていませんので。あのロリデビルからは口止めをされたので話せませんが」

もう、隊長と呼んでない。ロリデビル呼ばわりだ。これこそ、本人に聞かれたらまずいんじゃない？

「いや、あれは子ども扱いされたら殺すつもりで襲ってきますが、そうじゃなかったら大丈夫です。ひどーいと口をとがらせるくらいですね」

私なら、子ども扱いよりもそっちの方に怒るんだけど……うん？　子ども扱い？　私、頭をぽんぽんしてたんだけど？

「よく殺されずにすみましたね。やっぱりお気に入りみたいです」

ちょっと待って？　じゃあ何？　お気に入りじゃなかったら、私は乙女ゲームとは関係なく殺されたかもしれないの？　ある意味攻略対象なんかよりもヤバイやつじゃない？

私よりも年上らしいけど、見た目が幼く美少女だから、どうしても子どもとして見てしまう。あれを無視して泣かれたりでもしたら、頭では向こうは大人だと思っていても、罪悪感に押し潰《つぶ》されそうになってしまう。だって、まんま子どもだもの。あれでお父様より年上なんて、誰が信じるの？　って話だよ。私も半信半疑だし。

「あれは、私が所属されてからあの姿のままでしたよ？　なので、少なくとも私よりは上です」

それなら、もうあれは人間じゃなくて、妖怪かなんかだよ。魔法がある世界で、魔物もいるんだもの。妖怪とかそんな存在がいてもおかしくなさそう。

「ヨーカイ？　ってなんですか？」

あっ！　そうだ。ここでは人型をしていなくて、特別な力を使う存在は、総じて魔物だから、そんな呼び方はないんだったか。

「魔物の別称《べっしょう》みたいな感じ」

「……まぁ、確かに、あの年齢詐称《さしょう》女は、魔物と言われた方がしっくり来ますね」

真剣な表情で言うことではない。

あなた、私にそっくりだよ。人を変なあだ名で呼んだり、表情が死んでたり、毒舌《どくぜつ》だったり……

「最後の三つは否定はしませんが、ご主人様とは似ていないかと……」

「えっ？　なんで？」

すっごいそっくりだと思うけど。

「私は、ご主人様のように人たらしではありませんので」

ふっと小バカにするようにそう言われる。

（……？）

私は、アイリスの言っている意味がよくわからなかった。

でも、本人に似ていないって否定されたらそうなのかもしれない。

なんか気まずく感じて、別の話題に移そうと、いろいろと思い浮かべる。

そういえば、レアとメイアは特訓って言ってた気がする。だけど、何をしてるのかな？

「あのロリデビルと特訓なら、墓石を用意しておいた方がいいかもしれません」

本当に何をやってるの!?　特訓で墓石が必要になることなんてある!?　墓石を必要としないためにするのが特訓じゃないの!?　なんで特訓で必要になるのさ！

「あの人は容赦《ようしゃ》がありませんから」

「あっ、そう……？」

そうだとしても、墓石はいらないんじゃないの……？　そう思ってしまう私は甘いのだろうか。

「はい、甘いですね」

私の考えは、アイリスにズバッと切り捨てられた。

その翌日。学園の授業が終わったとき、いつものように迎えに来ていたカインを無視して通りすぎようとすると、私の腕を掴《つか》んできた。

いつもは、無視してもそんなに気にしないのに、急に掴《つか》んできたのにびっくりして、思わず振り返ってしまう。

「話がある。時間をくれないか」

私がこうでもしないと相手してくれないのを学習されたか。多分、応じるまで放すつもりはないのだろう。

女性と男性では、当然男性の方が力が強い。逃げたくても逃げられず、結局応じてしまった。

そしてなぜか、カインの部屋に行くことに。とりあえず、マナに言伝《ことづ》てはさせてもらったけど、いくら婚約者でも、二人きりはまずいんじゃないの？

そう思っていたら、部屋に男の人が一人いる。誰だ？　と思っていると、カインが「アレン、茶の用意を」と言っていた。

名前だけ出ていた存在のアレンくんか。私の存在を認識すると、なぜか申し訳なさそうな顔をして頭を下げられた。うん、なんで？

アレンくんは、お茶を用意したらどこかに行ってしまった。おい、こいつと二人きりにしないでくれよ……！　めちゃくちゃ気まずいんだって！

早く解放されようと、アレンくんの用意したお茶を飲みながら、私は用件を聞く。

「それで、何の用ですか？」

「以前に言っていた歓迎パーティーのことだが」

「やっぱりエスコートするってことですか？」

「ああ。君は嫌かもしれないが、付き合ってほしい」

……うん？　なんか、含みのある言い方だ。婚約者のいる男女は、エスコートされるのが普通だ。たとえ私が嫌だったとしても、個人の私的な感情なんてあと回しにされるのが、政略的な婚約というもの。

まぁ、どちらかといえば嫌だけどね。言われなければ、知らないふりはしたかもしれない。

でも、世間体《せけんてい》とかを気にするのなら、裏から手を回して、逃げられないようにすればいいだけのこと。ずっと貴族社会で生きてきたカインなら、逃がさないように囲い込むくらいはできるだろう。

なんでそんな風に頼んでくるのかなと思っていたら、カインが続きを説明してくれる。

「最近、一人の女子生徒が妙に纏《まと》わりついてきてな……。婚約者がいると言っても聞いてくれない」

その女子生徒って、絶対にヒロインだろ。

私は、心の中でツッコミを入れた。でも、攻略対象なのにヒロインに鼻の下を伸ばしたりはしないのか。私がいじめをしていないからか？　それとも、まだ攻略ができていないだけか？

それにしても、纏《まと》わりつくか……。友達のゲーム画面を見ている限りでは、どちらかといえば、攻略対象の方がヒロインによっていたような気がしたんだけど……

なんで逆なの？　まさか、ヒロインも転生者だったり……？　それだったら、いわゆる電波系ヒロインってやつじゃないの？　ヒロインの中で一番面倒くさいやつじゃない。無視が一番だよ。

「それで、婚約者として隣に立っているだけでかまわないから、一緒にいてくれないか？」

つまりは、カインの考えは、ヒロインが婚約者なんて関係ないとばかりに来るから、私という盾でヒロインを避けようとしているのだろう。

婚約者を盾にするのかとか言われそうな戦法ではあるが、話の通じないような者には、意外と効果的ではある。もしヒロインが転生者なら、仲が悪いはずの悪役令嬢と攻略対象が、仲睦《なかむつ》まじく見えるだろう。

でも、電波系がそれで諦《あきら》めるとは到底思えないし、私は騒動の真ん中に放り出されるのはごめんだ。

それに、今のでわかった。こいつはヘタレだ。攻略対象がヘタレでどうするんだよとは思うけども。

ずっと何も答えないで無視している。無言が私にとってのノーという意味の返事だ。

「嫌なら、なんとか一人で対処はするが……」

「あんたみたいなヘタレに対処できるとは思えないんだけど」

……あっ。思わず心の声が漏れてしまった。だって、男のくせに情けないもの。つい、前世のくせで毒舌《どくぜつ》が出てしまったわ。引っ込んでいられなかった。

「……私はヘタレなのか？　アレンにはバカと言われていたが……」

「…………」

従者にバカにされてんの？　この人が次期公爵で大丈夫？　ホースト家没落しない？

「そういう面倒くさいのは、相手にしなかったらいいんですよ。相手するほどつけこんでくるんですから。次期公爵なら処世術くらいもうちょっと学んでください」

実際、私がそうしてるんだよ。お前のことも、お兄様も、お父様も、相手が面倒くさそうだから無視してたの。

「……それは相手に失礼じゃないか？」

ダメだこいつ……従者がバカだという理由がなんとなくわかったわ。

私はため息をつきそうになるのをこらえて、説明する。

「すでに相手が失礼なことをしているのですから、やり返すくらいは平気ですよ」

私も自分が甘いかなと思っているところはあるけど、カインを相手にしていると、こいつよりはましだと思ってしまう。

貴族社会は、甘さを捨てないとやっていられないだろう。慈悲《じひ》ばかりをかけていたら、相手を調子に乗らせるだけ。

公爵ともなれば、無慈悲《むじひ》さも兼ね備えていなければいけないと思う。

「……だから、君も私を無視しているのか？」

よくわかってんじゃないの。その通りよ。

最近は、そこまで無視できていないような気がするけど、しつこいこいつらが悪いんだから仕方ない。

「自分を嫌っているような人と仲良くする趣味はないので」

「……別に、嫌いではない」

……は？　何を言ってるの？

「なぜそう思うんだ？」

「……手紙を返してくれませんし、訪問しても出迎えてくれたことがありませんし……」

これで好かれていると思うのは、お花畑な頭を持っている人だけだよ。

リリアンの精神か、思い返すとイライラしてきた。

すると、とんでもないことを言う。

「……手紙なら返事を返していたと思うが……届いていなかったのか？」

「……届いてませんけど？」

お前は何を言っているんだ？　一枚も届いてないよ？

さっきまで冷たい視線を向けていたのだが、急におかしなものを見る視線に変わってしまう。

「……それはすまなかった。こちらに不手際があったのかもしれない。調べておこう」

「あっ、はい。よろしくお願いします……？」

「もう戻ってもいい。時間をとらせてすまなかったな」

まだ混乱の最中にあったが、とりあえず言われた通りに、私は自分の部屋に戻った。

カインとのよくわからんお茶会から一週間。学園が始まって三週間くらいが経過した。残り二週間後くらいには、新入生の歓迎パーティーがある。ヒロインは、もう攻略対象との出会いイベントはとっくにすませて、攻略に勤《いそ》しんでいるのだろう。……カインから愚痴《ぐち》みたいなのを聞かされたけど。

私は、意図的に避けているというのもあるけど、いろいろなトラブルが重なって、ヒロインに一回も遭遇《そうぐう》していない。そのトラブルの九割がモニカちゃん関係だけどね。

そして、モニカちゃんの処分はどうなったかというと、やはり無罪放免《ほうめん》とはいかなかった。でも、周りに被害がなかったこと、脅《おど》されてやったこと、モニカちゃんの知る限りの情報提供をしたことで、しばらくは監視役がつけられることで決着がついたらしい。つまりは、執行猶予のような感じだ。

これは、昨日知った。お兄様の手紙で。モニカちゃんの情報で知ったのだろう。『「青の月」のアジトの一つが潰《つぶ》れていたのはどういうことだ？』という尋問にも近いような文面とともに教えてくれた。

そして、一つ気になるのは、あの暴力教師がまるで生まれ変わったみたいに性格が変わっていたこと。停職が解けて、すぐに私に謝罪してきたし、なんか気さくな感じになっていて、恐怖を感じたよ。周りも最初は警戒《けいかい》していたが、停職になって、反省したんじゃないかという噂《うわさ》が広まって、今は普通に交流している。

私はといえば、怖すぎて無視している。いや、自分に暴力を振るってきた人が、急にニコニコと愛想を振り撒いていたら誰だって恐怖を感じるでしょ？

ちなみに、これはモニカちゃんも驚いていた。話を聞く限りでは、あの教師は『青の月』の一員だったらしく、自分を監視していたそうだ。

あのポンコツに任せる『青の月』は何を考えてるんだろうって話だけどね。

でも、本当に何があったのかしらね？

「ご主人。たそがれてるけどどうしたのさ？」

私は窓の枠に肘《ひじ》を置いて外を見ているので、レアの言う通り、たそがれているように見えるのだろう。

考え事をするときは窓の外の景色を見るくせがあるだけなんだけどね。

「あのポンコツ教師がある意味怖くてね」

「えっ!?　あいつ、ご主人になんかしたの!?」

なぜか必要以上に驚いているレア。そして、ポンコツ教師が誰なのかわかってるっぽい。そして、多分無意識に私に背を向ける。

「あの程度じゃ足りなかったかな……」

そして、何かぶつぶつ言っている。私はそんなレアを疑いの目で見る。

「……あなた、何か知ってるの？」

そう聞くと、ドキッという効果音が聞こえそうなくらいに、体をビクッと震わせる。

そして顔をこちらに向けて、どう見ても焦っているような表情で弁明する。

「い、いやぁ……別に？　レアはな～んも知らないよ？」

怪しいなぁ……だって、視線が泳いでるし、ちょっと汗みたいなのもかいているような気がするし。

「本当に？」

「知らない知らない」

「……まぁ、いいわ。それで、あなたはいつまでここにいるの？」

「なぬ!?　迷惑だったの!?」

いや、そういうわけではないけど……迷惑だったら、私はとっくに無視しているし。

「いや、もういいんじゃないって思っただけで……」

いくら逆恨みされていても、ここまで何もないんだったら大丈夫じゃないの？　と思ってしまう。

でも、それは比較的平和な国の日本で育った私だから思うだけであったようで、レアは首を横に振る。

「警戒《けいかい》した方がいいよ～？　ああいうやつらって、執念深いのさ。たとえ一年越しでも、やられた借りは返すってしてくるようなやつらだって。だからこそ、旦那様もレアたちを返せって言わないでしょ？」

言われてみれば、そうかもしれない。みんなが私を主《あるじ》様とかご主人様とか言ってくるから、彼女たちはもらったものという感覚があったけど、公爵家に仕えているのだから、本来はお父様が主《あるじ》になる。だから、お父様が返せと言ったら、私は返さなければいけないのだ。

公爵の立場なら、そういう情報を集めたりするのに、白梟《しろふくろう》ほど適した部隊はいないので、私に渡したままよりも、返してもらった方がいいはず。特に、今回のモニカちゃんの件を調べるのには。

それで、返せと言われなかったのだから、私が危険だという認識があったのかもしれない。白《しろ》梟《ふくろう》は、ある程度なら戦闘もできるから。

もしかしたら、できないことを探す方が難しいかもしれない。

死なないでくれと思うくらいには、娘の命は大切みたいだね。まぁ、死なれたらホースト家と繋がりができなくなるから、当然といえば当然なのかもしれないけど。

そういえば、手紙の件はどうなったんだろ？　目が合っても、何も言ってこないから、何も進展がないのかな？

もし、本当にカインが返事を出していたのなら、私に届くまでの間に、誰かが処分したことになる。一番それが可能なのは、手紙を届ける配達人だけど、公爵家の出す手紙を処分するのは、一介の配達人が行うにはリスクが高すぎる。配達人ではないのなら、ホースト家内で起こったことになるけど……

うん、やめだやめだ。こちらに非があるのならもうちょっと考えたけど、ここまで考えて、ホースト家に非があるみたいだし、向こうが解決するのを待っていることにしよう。一生解決しなくても別に問題ないけどね。こっちのせいにされなきゃ、お好きになさいって感じ。

でも、解決して手紙が届くようになったら、私は返事を返すだろうか？

……返さないだろうな、多分。返すとしても、『お手紙ありがとうございます』で終わらせそうだ。返事を考えるの面倒くさいもん。

まぁみんな、好きにしたらいいと思う。私も好きなように生きるから。だから、攻略対象もヒロインもシナリオも強制力も、私を放っておいてくれな。

そう思いながら、いつの間にか寝ていたレアの横で、私も眠りについた。

背伸びをしながら起き上がる。思ったよりも寝てしまっていたようで、今は夜中だ。

私よりも先に寝ていたはずなのに、レアはまだ眠っている。一日十時間以上寝ないと活動できない体かなんかなのだろうか。

そう思ってしまうくらいには、レアはよく寝る子だ。中身はババアだけどね。

（人形みたい……）

そう思いながら、私が触れようとすると、とたんに飛び上がって、私の首に短剣を刺そうとしてくる。

「――っ！」

私が突然のことに、石像のように固まっていると、レアは私の首に刺さる直前で止めてきた。

そして、はっとしたような表情で私を見る。そして、すぐに短剣を仕舞った。

「……なんだ、ご主人か。びっくりさせないでよ」

びっくりしたのはこっちだわ！　護衛だと言っていた存在に殺されかけるなんて！

「だからって、急に刺そうとしてこないでよ！」

「ごめんごめん。寝ているときに触られると体がはんのーしちゃって……」

つまり、私は無意識のうちに殺されそうになったの？　勝手に触れようとした私も悪いかもしれないけど、本当にこの子が護衛で大丈夫？

「寝てるときが一番むぼーびだからさぁ～、狙《ねら》われているうちに、ついに体が反応するようになっちゃったの……」

私が無言で見つめていたせいか、ちょっと怯《おび》えるような表情で私を見ている。

まぁ、それなら仕方ない部分もあるかな……と思っていたとき、ある言葉に引っかかる。

「狙《ねら》われているうちにって……あなた、暗殺されそうになったことがあるの？」

私がそれを指摘すると、レアはしまったというような顔をする。

少し悩んでいたようだが、口に出してしまったものは取り消せないので、諦《あきら》めて話し出す。

「……あるよ。ちっちゃいころ。白梟《しろふくろう》に所属する前にね」

いつもは、天使のようにニコニコ笑っているのに、少し物悲しそうな目をしている。これ以上は踏み込んでほしくなさそうに。

「……そっか。私もよくトラブルに巻き込まれるからわかるわよ」

前世の話だけど、銀行強盗（人質として）、カツアゲ（ターゲットとして）、通り魔もあったかな。でもこれはヤバイやつの話で、小さいのもいれていけば、もっとあるのよね。転生してさっそくトラブルの渦に呑み込まれたし。

乙女ゲームを教えてくれた友達からは、トラブルホイホイなんて呼ばれてたな。

そういえば、そんなことがあってから、あまり人と関わらなくなったような気がする。彼氏と付き合ってたのが不思議なくらいだ。

まぁ、私を好きになれないって理由でフラれましたけどね！

あぁ……思い出すとイライラしてきた。

「……ご主人？　どうしたの？　やっぱり刺そうとしたの怒ってる？」

「あっ、ううん。ちょっとイライラすることを思い出しただけだから気にしないで」

そんなに顔に出てたかな？　私は、意外と顔に表情が出ないタイプなんだけど。

レアはそういう感情には敏感なのかしら？

「そういえば、あなたの希少魔法ってなんなのよ？」

ずっと聞いておきたいと思っていたこと。アイリスは教えてくれなかったし。まぁ、口止めするくらいなら、教えてくれないかもしれないけど。

「アイちゃんから聞いたんだね？」

「ええ。そうよ」

アイリスはアイちゃんなのね。あのキャラにちゃん付けして怒られない？　私なら恥ずかしくて怒りそうなんだけど。

「あなたを含めて、隊長と副長が希少魔法の使い手だって知ったわ。メイアは影魔法というのを使うっていうのも」

「そーだよ。メイメイは影魔法を使うのさ。影を使って、その人に成り代わることができるから、スパイ活動をすることが多いんだよね」

「よく知ってるわね」

確かに、アイリスからそんな風に聞いたけど、誰が何を得意としているのか把握しているのはすごいな。少人数だからかもしれないけど。

「隊員の得意なことはぜーんぶ知ってるからね！　なんでも聞いちゃっていいよ！」

「それじゃあ、あなたの希少魔法を……」

「……それ以外で」

やっぱり、話したくないようだった。

なので、レアの希少魔法は隅に置いておくことにする。

「サリアは？」

「サリーはねぇ、念力が使えるんだよね～。それで物を動かしたり、人を動かしたり、宙に浮いたりするよ」

地味な感じに思えるけど、結構使いどころがあるものだ。でも、それって風魔法でできないのかな？　ゲームでは風魔法で物を浮かしたりしていたけど。

「風魔法で代用はできないの？」

「ご主人、本の読みすぎじゃない？　確かに、宙には浮けるけど、直線的な動きしか風魔法はできないんだよ。サリーは曲線にも動けるからね！　それに、風で体も傷ついちゃうし」

どうやら、サリアの使う魔法を再現しようとすると、どうしても劣化してしまうらしい。確かに、曲線にも動き回れて、怪我もしないのは便利だ。

「ルクトは？」

「ルーくんはぁ～、主《おも》に念話《ねんわ》だよ～。ルーくんの魔力が届くところなら、誰にでも声を届けられるんだよね～」

あぁ……それなら、隊長になるわけだ。そんなの、指揮官になるために持っているような能力だもの。

……って、うん？　主《おも》に？　他にも何か使えるのか？

「ねぇ――」

「そんでさ、希少魔法を使える人は、魔力で体が強化されてるから、一般人よりも視力とか、聴力とか、身体能力とかが優れてるのさ」

私が詳しく聞こうとしたけど、レアが続けたため聞く機会がなくなってしまった。

私は、レアの説明に素直に感心する。

「へぇ～！」

そういえば、最初にメイアと会ったときも、当たり前のように馬車の上に乗っていたな。白梟《しろふくろう》だからって気にしなかったけど、あれは、希少魔法の使い手ならではの身体能力の高さもあったのかもしれない。

「ふわぁ……」

「もう勝手に触れようとはしないから、寝てもいいよ？」

レアが大きくあくびをする。

私がそう言って、安心して眠ってもらおうかと思っていると、ちょっと顔を赤くして言う。

「……別に、ご主人なら触ってもいいよ」

それだけ言ってしまうと、すぐにそっぽを向いて寝転がってしまった。

そして、すぐに寝息が聞こえてくる。

私も良い感じに眠気が襲ってきたから、寝るとしようかな。

＊　＊　＊

リリアンがレアとのんびり過ごしているとき。カインは実家に戻っていた。

別に、以前のスタンピードのように、呼び出されたというわけではなく、自ら休日を使って戻ってきていた。

それは、以前にリリアンから聞いた、手紙が届いていないということについて。カインは、アレンに少し探らせていた。授業を休むわけにはいかないし、自分が直接向かうと、警戒《けいかい》されてしまうかもしれない。アレンでも、警戒《けいかい》されるかもしれないことは変わらないが、自分が直接向かうよりはましだと思っていた。

そして、アレンからの報告を聞いて、ある人物の元に向かっている。

カインは、ドアをノックして声をかける。

「カイン・ホーストです」

「入りなさい」

中からそんな声が聞こえたので、カインはドアを開けて中に入る。

そこには、椅子に座って読書をしていた女性がいた。

「何の用です？　せっかくの休日だというのに、わざわざ戻ってくるとは」

「お話ししたいことがあって参りました、母上」

カインが訪問したのは、自分の母親である、ホースト公爵夫人の部屋。母上と呼びはしているが、そこまで仲が良いというわけではない。

親子というよりは、公爵夫人と公子という関係だ。

「お茶を用意させるから、そこに座りなさい」

指示された通りに、カインは公爵夫人の前に腰かける。そして、侍女《じじょ》が二人の前にお茶を置いて、部屋を出ると、公爵夫人はお茶を一口含む。

「それで、話とは何かしら？」

「リリアン嬢への手紙の件です」

「リリアン……というと、リリアン・ベルテルクのことかしら？」

「はい」

知っているだろうにと思いながらもそう返事をすると、夫人は持っていたティーソーサーを机に置く。

「それが何か？」

「とぼけないでいただきたい。あなたが手引きしていたのでしょう？　まだ納得していなかったのですか」

「……ええ。気に入らないもの」

カインの言葉を、それ以上否定することはせずに、あっさりと認めた。

リリアンとの婚約は、幼いころに決まった政略的なものだった。ベルテルク公爵もホースト公爵も同意したが、なぜか夫人は猛烈に反対した。

それは、リリアンが気に入らないというよりは、ベルテルクが気に入らないといった様子だったが、それは今でも変わっていなかったようだ。

「よりにもよってベルテルクなんて、納得できるはずがないじゃない。お爺《じい》様がどんな目にあったかご存じでしょう？」

「ええ。ですが、それとリリアン嬢は何の関係もないはずです」

お爺《じい》様というのは、夫人の祖父ということ。つまりは、カインにとっては曾祖父《そうそふ》にあたる。まだ、カインが物心つく前に亡くなったので、どんな人物だったのかを知っているわけではないが、母親である夫人からはよく聞かされていた。

夫人は、曾祖父《そうそふ》である先々代公爵に懐《なつ》いていて、曾祖父《そうそふ》も、夫人のことをよくかわいがっていた。それが、そのときのベルテルク公爵に汚職の罪を着せられて、投獄の末に亡くなった……という話だ。今となっては、それが真実かどうか確かめる術はない。その当時の者は、まだ幼かった母しか生きていないからだ。

当時の文献もそこまで残っておらず、調べるというのも不可能だった。

「わたくしははっきりと覚えているわ！　あの悪人面を！　そっくりなのよ……お爺《じい》様を死に追いやったあの悪魔に！　あのリリアンとかいう小娘が！」

「本当に、それだけの理由で私とリリアン嬢の交流を邪魔《じゃま》していたのですか」

訪問の件も、リリアンに聞いて初めて知ったくらいだ。

学園に入る前は、公爵となるために部屋で執務を行っていたので、誰かが訪問してきたとしても、知らせてくれなければ、それを知る手段はない。

カインに届く前に、母親が揉《も》み消していたのだろう。客を出迎えるのは、夫人の仕事であるからだ。もちろん直接出迎えるのは使用人だが。リリアンからの手紙を、わざわざカインに渡していたのは、齟齬を生まないため。私的な手紙がほとんどだったが、大事な用件だとしたら、伝わらなかったのは問題になる。

すぐに、自分が犯人だと思われるだろう。そんな摩擦を生まないために、手紙だけはカインに渡していたのだ。カインの返事は届けないで。

「……私からすれば、今の母上の顔の方が、立派な悪人面だと思いますが」

「うるさい！　とにかく、わたくしは認めないわよ。今すぐに婚約を解消なさい！　あなたにはもっとぴったりな方を見繕《みつくろ》いますわ！」

婚約解消。それは、アレンにも言われていたことだ。

愛想をつかされて、婚約解消されるかもしれないと。母親が邪魔《じゃま》していたとはいえ、それにずっと気づかなかった自分にも落ち度はあるだろう。

最初は、単純な興味だった。学園入学を境に、まったく自分に会いに来なかったから。エスコートできないということを伝えても、まったく傷ついたような様子は見られなかった。

スタンピードのときに、わざわざ発生現場に単身で乗り込んできたのも、少し話せば、学園に戻りたかっただけというのもわかった。別に、心配してくれたというわけではないことに。

アレンに言われて迎えに行ったときも、最近はほとんど無視されている。

自分が何かしたのだろうかとずっと思っていたが、原因はこれだった。

母が、婚約に反対していたことは知っていたのに、今まで気づくどころか、考えもしなかった自分が腹立たしかった。

「婚約を解消する気はありません。リリアン嬢は、公爵夫人となるのにそぐわないとは思いませんので」

婚約者とはいえ、ホースト公爵家の嫡男に「ヘタレ」と面と向かって言える存在など、リリアン以外にはいないだろう。

物怖《ものお》じせず、気高く振る舞うことができるというのは、公爵夫人には必要な素養《そよう》だ。

それに、自分自身が興味を引かれているのだ。

それを、母親に言われたからって手放すことはできない。

「では、お話は以上ですので、失礼します」

ここまで言っても邪魔《じゃま》するようなら、何かしら対処を考えなくてはならない。

そう思いながら、カインは廊下を歩いていた。

＊　＊　＊

当たり前のように、レアよりも早く起きて、のんびりと本を読む。

すると、今回は触ったりとかしていないのに、すぐに起きた。

「あっ、ご主人。おはよー」

「おはよう」

「今日はなんか予定あんの？」

ふわぁとあくびしながら、そんなことを聞いてくる。

今日は、モニカちゃんのところに行くんだったかな。

「モニカちゃんのところに遊びに行くよ？」

「…………」

私がそう言うと、レアがじーっと見てくる。どうしたんだろう。

「ご主人、あんなのとまだ仲良くしてんの？」

不機嫌そうにレアが聞いてくる。まぁ、レアからすれば、自分を騙そうとした存在だからかな。

アイリスの言う通り、私はずいぶんと気に入られているみたい。

「別に、今は大丈夫よ。悪意があったのにはなんとなく気づいていたし」

私の第六感を甘く見るな。気づいていたけど、公爵令嬢ならそんなものかなと思っていただけよ。

むしろ、他の令嬢と違って裏表ないし。

「気づいていてなんで友達になったのさ」

「裏表ないから」

「……裏しかなかったよ？」

「いや、悪意が丸見えすぎて、裏表ないじゃない」

「そっち!?」

逆に気づかなかったわ。だって、もうちょっとうまく立ち回ろうとするじゃない。スパイみたいな感じだったならさ。

あそこまでド直球だと、逆に疑惑が仕事しないのよ。

まぁ、向こうが本気で悪意を持って近づいたわけじゃないのもあると思うけど。

本気で悪意を持って近づかれてたら、ド直球でも警戒《けいかい》するよ？　あの教師みたいな。そういう意味では、それなりにうまかったのかなぁ？

まぁ、そんなだから一緒にいて、あの子の言う通りにやってあげてただけよ。嘘をつくことを私のプライドが許さなかったというのもあるけど。

そうしたら、やっと疑惑が浮かんできたって感じなだけ。

バカじゃないの？　とか鈍《にぶ》すぎない？　とか言われるかもしれないけど、あの教師もそうだけど、あそこまでばか正直だと、まさか結構ヤバイ組織に関わっているとか思わないでしょ？　そこら辺の小悪党だと思うじゃない。

せいぜいが、お金目当てで近づいてきたのかなぁ？　くらいだって。

「……まぁあの子、演技下手くそだもんなぁ。今なんかご主人への思いを全然隠そうとしないし」

「私への？　仲良くしようとしているようには見えるけど……」

私がそう言うと、レアは大きくため息をつく。

「ご主人が鈍感なのはよくわかった。レアも行くわ」

「いや、なんであなたがついてくんのよ⁉」

護衛なのかもしれないが、モニカちゃんの護衛として、サリアとルクトがいるはずだ。レアまでいる必要はないと思う。それに気づかないようなレアではないと思うけど……

「鈍感なご主人様を、餌《えさ》に飢《う》えた獣の前には放り出せないもん」

学園内に獣なんていたかしら？　訓練用の魔物とか？　モニカちゃんのところに行くだけで、なんでそんな危険なことになるの？

そんな風に思いながらも、とりあえずモニカちゃんの部屋に向かった。

私がモニカちゃんの部屋につくと、元気よく出迎えてくれる。

「リリアン様！　……その方は？」

私の方に目を向けていたが、急に下の方に目を向ける。

「久しぶり！　レアだよ！」

先ほどまでの不満そうな態度を滲《にじ》ませもせずに、元気よく挨拶している。

このレアに比べれば、モニカちゃんはまったく裏表ないよね。

「……あぁ、リリアン様を気絶させた白梟《しろふくろう》ですか」

「覚え方ひどくない!?」

そんな衝撃的な出会い方してるんだから、そうやって覚えられてもおかしくないんじゃない？

私は、ずっと思っていたことを、これ幸いと言ってみる。

「あのさ、仮にも影なら忍びなさいよ」

「それは、レアのポリシーに反するからね」

「じゃあ、もう白梟《しろふくろう》やめなさいよ！」

影なのに隠れないって何!?　騎士なのに武器を持たないって言ってるようなものよ!?

「それは、約束だから無理」

「約束？」

「ご主人にはナ・イ・ショ！」

そうやって言われると気になるのが、人間の性《さが》ってやつなんだけど。

「私もちょっと気になるんですけど……」

「部外者にはもっと教えない」

モニカの発言に、レアが冷たく返す。

なんか、私とモニカちゃんで扱いに差がない？　やっぱり、私を騙していたから嫌いなのかな？

それとも、私がお気に入りの主《あるじ》だから？

「それなら、レアさんこそ部外者でしょう？　なんでついてくるんですか」

うん、それは私も気になってた。

「餌《えさ》に飢《う》えた獣の前には放り出せないもん」

私に言ったときとまったく同じセリフだ。だから、獣なんてどこにいるのよ！　ここには、私とモニカちゃんとレアしかいないじゃない。

「独り占めされたくなかったってことですか？」

ニヤニヤとしながら、モニカちゃんはレアにたずねる。

レアは、ムッとした表情を向けるけど、私は意味がわかってない。

独り占め？　何の話？

「ご主人はレアのものだからね！」

レアは私にぎゅっと抱きつく。

おい。私はいつからお前のものになった？

「レアさんのものじゃありませんよ！　私のものです！」

お前のものでもない！　というか、なんで私がツッコミをやってるんだ！　ボケまくるな！　二人揃って！

そのまま放っておこうかと思ったけど、とりあえず口を挟んでみる。

「どっちのものでもないからね？　というか、レアに限っては、どちらかといえばレアが私のものだよね？」

今は、白梟《しろふくろう》の主《あるじ》は私だ。レアは白梟《しろふくろう》の一員なんだから、どちらかといえばこっちだろう。

「……リリアン様。鈍《にぶ》いって言われたことありませんか？」

「あるよ？」

前世の友達にね。『あんた、さすがに鈍《にぶ》すぎない？』ってよく言われたわ。

レアにも、部屋に来る前に言われたしね。

何のことかさっぱりわからなかったけどね。

「なんか、言い争いがバカらしくなってきましたね」

「そっちが勝手にヒートアップしただけだけどね」

おい。いらない一言を言うな。またヒートアップするかもしれないじゃない。

「あなたがおかしなことを言うからじゃないですか！　というか、レアさんもヒートアップしてましたよね!?」

「間違ってないでしょ？　それに、質問に答えただけだよ」

「それがおかしなことって言ってるんです！」

そのまま、また言い合いを始めてしまった。

もう止めるのも面倒くさくなったので、私はそのまま無視していることにした。

そのまま無視して、のんびりとしている。二人はまだ言い合いをしている。まぁ、レアの煽《あお》りにモニカちゃんが異様に反応しているだけみたいだけど。

適当に右から左に流していたら、モニカちゃんが「リリアン様！」と声をかけてきた。

「リリアン様はどう思いますか⁉」

「あっ、ごめん。全然聞いてなかった」

だって、関わりたくないし。

私は、部外者なのです。

「えっ、ひどいです！」

「ご主人は面倒事はとことん関わらないもんね」

わざわざ面倒事に関わりたいと思う人はいないと思うんだけど？

特に、前世ではいろいろあったからなぁ。

友達からトラブルホイホイなんて呼ばれるしね。

あと、なんで私が会長できたのかなとも言われたかな。人を簡単に信用しすぎだって。悪意があれば気づくから、すぐに仲良くできるだけなんだけどね。

まぁ、モニカちゃんの件は、バカと言われても仕方ないかもしれない。友達と呼べるような存在がいなかったから、毒を喰らったみたいな感じだろうな。

今は（白梟《しろふくろう》が九割だけど）それなりに仲良くできる子が増えたし、ちょっとした悪意にも気づくようになってるだろうな。……鈍《にぶ》ってなければ。

「でも、なんだかんだ、向き合ってくれますよね」

「自覚があるなら持ってこないでよ」

「なっ！　私は面倒事を持ってきたことなんて……！」

いやいや！　今までのトラブル、九割があなただと思うんだけど!?

無関係の人が巻き込まれるのと、あなたには恩があるから助けてあげただけで、本来なら無視してたわ！

レアも同じことを思ったのか、私とレアがじーっと見ていると、少し顔を赤くして、急にアワアワしだす。

「二人してなんなんですかー！」

それとともに、お部屋を追い出された。

私は押して。レアは放り投げられて。

「あっ、そうだ。ご主人。お手紙の件なんだけどさ」

廊下を歩いていると、レアが急に声をかけてきた。

「何よ？」

「婚約者様のお母様が犯人だったみたいよ？」

なぜお前がそれを知っている？

そもそも、手紙が届いていないということすら話した覚えがない。

「なんで知ってると思ったでしょ？」

あれ？　顔に出てたかな？

そう思っていたら、レアが説明してくれる。

「ご主人は婚約者の招待とかは無視するかなぁって思って、アイちゃんに婚約者様をつけさせてたんだ～」

そんなことを堂々と話していて大丈夫かと辺りを見渡すけど、人影はない。どうやら、人の気配がしないから話しているみたい。

アイちゃん……アイリスのことか。どうやら、アイリスとレアは同じ部隊のようだし、アイリスは余計にレアの命令には逆らいにくいのだろう。

「それで、どうだったの？」

「あのね～、げんじゅー注意で終わらせたみたいよ？」

甘くないか？　私だったら、コテンパンにするんだけど。私が厳しすぎるだけ？

コテンパンと言っても、二度とそんな真似ができないようにさせるだけなんだけどね。

「やっぱりヘタレね……」

「……まぁ、いっか」

「……？」

私のヘタレ発言にレアがそう返したのを聞いて首をかしげるが、それ以上は教えてくれない。

「どうしたのよ？」

首をかしげたのが見えてなかったのかとはっきりと聞いてみるが、レアは振り返って一言。

「面白そうだなぁって思っただけ！」

そう言って、ふんふんと鼻歌を歌いながら、先導している。

私は、疑問に思いながらも、そのあとについていった。

レアって、子どもっぽいけど、時折隊長らしい部分も見せていて、やっぱり不思議なところがあるな。


新入生歓迎パーティーまであと一週間。

マナがめちゃくちゃ張り切っているので、私は着せ替え人形状態だ。そもそもパーティーなんて面倒くさいので行きたくないんだけど、わざわざ行かないと言ってマナに泣かれたりするのは面倒だし、良心が痛むので、こっそり仮病を使って休もうかなと考えている。

パーティー？　そんなものはなかったんだ！　もう全部無視してやろう！

それに、パーティーに行ったら、ヒロインに捕まる可能性があるじゃない。面倒くさいから、行きたくないと思うのは必然だと思う。

カインの話を聞く限りでは、電波系の可能性もあるから、なおさらだ。

もともとの目標は、乙女ゲームのことなんて無視して、自由に生きることだったんだから。

パーティーだって、別に行かなくてもいいよね。

そう思っていたら、兄がたずねてきて、一言。

「パーティーをサボったりはするなよ？」

「………」

どうやら、ついに兄にも私の性格がばれてきたようだ。でも、下手に答えると言質《げんち》をとられそうなので無視した。

ちなみに、なんで兄がここにいるんだって話だけど、普通にノックしても私が無視するだろうからと、形だけのノックをして勝手に入ってきたのだ。しかも、アイリスを連れている。

着替え中とかだったらどうしてくれるんだよ！　恥ずかしい以前に、めちゃくちゃ気まずいだろ！

ちなみにそんな私は、布団にくるまっている。実はレアが出かけていて、部屋から出ないように言われていたのだ。だから、引きこもりニートみたいになっていた。

私が答えないのは予想通りだったのか、一方的に話し出す。

「そういえば、カイン殿とは婚約解消するのか？」

「…………」

うん？　その話題は終わったのでは？　私の中では、終わっているつもりだったんだけど。

「するんだったら、してもかまわないと父上からは言質《げんち》をとっているが」

あの父が？　ホースト公爵家との繋がりを手放してもいいと思ってるの？　それとも、もう必要なくなったとかなのかな。

「それで、どうするんだ？」

「………」

いやいや、放っておいてよ。婚約は当人たちの問題だろうが。やるなら私が直接カインに言うから安心しろって。

「アイリス。何て言ってる？」

おい。何も言うなよ。

私が心でそうアイリスに訴えたけど、それは届かなかった。

「『放っておいてよ。婚約は当人たちの問題だろうが。やるなら私が直接カインに言うから安心しろって』……らしいです」

何も言うなって言っただろうが！　言うにしても、もうちょっと言葉を飾ってくれ！　オブラートに包んでくれない!?

アイリスがそんなことをしない冷めたキャラなのは、今に始まったことではないけど。

それに、私が主《あるじ》なんだから、そいつの命令には従わなくていいでしょうよ。

「……お前、そんなに口が悪かったのか」

元からよ。

「『元からよ』だそうですよ」

なるべく意識して言葉遣いを直したら、そのまま伝えてくれた。アイリスがいるときは、こうした方がいいかもしれない。

「……まぁ、そうかもしれんな」

否定しろとは言わないけど、そのまま肯定するのも失礼じゃない？

公子ならもうちょっと言葉に気を遣えよ、あのヘタレもそれなりに言葉には気を遣ってたのに。

「『否定しろとは……』」

「それは言わなくていい！」

もう無視できなくて、私は起き上がり、枕をアイリスに投げつける。

アイリスは、当たり前のように避ける。さすがは白梟《しろふくろう》。

「……お前、何を考えてた？」

「お兄様に言う必要はありません」

だって、ばれたら私が有責《ゆうせき》で婚約解消しそうなんだもの。それに婚約してたら、他から婚約の話が来ないから、デメリットしかないというわけではないのだ。

だから、やるとしても、せめて何かしら自立の手段ができてから、婚約解消はしたい。

どっかの知らない老人に嫁ぐとか、そっちの方がもっとゴメンだしね。

つまりは、カインは盾というわけだ。

「あいつは何を考えている？」

「『カインは……』」

「話さなくていいって言ってるでしょうが！」

いい加減にしろと、私はまた枕を投げる。なんか、貴族のベッドって、枕？　いや、クッションかな。それがいっぱいあるのよ。さっきから、それをアイリスに投げつけている。当たり前のように避けられるけど。

「ご主人様。貴族のご令嬢が人にクッションを投げるものではありませんよ？」

「主《あるじ》の心を勝手に読んで報告してる人でなしには言われたくないわ」

「ひどい言い様ですね」

「間違ってないもんね」

いつの間にか私の隣に座っていたレアが、私に同意する。

いや、いつからいたのよ？　あなた、どこかに行ってなかった？　メイアからはそう聞いていたんだけど。

「レア隊長。お出かけだったのでは？」

そう聞いたのは、その場に侍女《じじょ》として立っていたメイア。レアがいなくなっていたので、メイアが護衛になっていたのだ。

「終わったから帰ってきた」

「どこに行ってたのよ？」

私がそう聞くと、急に空気がシーンとする。

あれ？　聞いちゃいけないことを聞いた？

「ご主人の婚約者の実家♪」

ニコニコしながら、そんなことを言った。

「なんでそこに？」

「ちょっと、ある人たちに用事があってさぁ……。ね？」

いや、わからないんですけど。お前は何を言ってるんだ？

私がそう思っていると、アイリスがレアを黒い瞳で見つめて、ボソッと一言。

「……さすがに、それはまずくないですか？」

「ばれなかったらだいじょーぶ！」

親指を立てながら、自信満々にそう言った。

いやいや、だいじょーぶ！　じゃないと思うんだけど。少なくともまずいことをしたのは、ここにいる全員にばれてるわ。本当に何をしたの？

「いや、犯罪ですよ？」

ふぁっ!?　マジで何をしたの!?　犯罪？　何が『ばれなかったらだいじょーぶ！』だ！　大丈夫じゃないよ！　それをばれないようにするのは誰の役割だと思ってるんだ！　お前の部下と私たち公爵家なんだよ！

「……お前は、もう少し問題行動をなくしてくれないか？」

お兄様が、頭を押さえながらそんなことを言っている。こんなお兄様は初めて見たわ。そして、もう少しなくしてくれってことは、前科があるんだな、レアは。

「次期当主様。こんなバカを具現化したような存在にそんなことを言うのは、死ねと言っているようなものです」

アイリスが冷たくそう言い放つ。

私よりも毒舌《どくぜつ》がひどくない？　さすがに、私もそこまでは思わなかったわよ？

バカを具現化したような存在というのは、全然否定しないけど。だって、精神年齢はこの中で一番高いはずなのに、一番幼い子どものような行動をとるんだもの。バカを具現化したような存在というよりは、バカガキって感じだよね。

「えぇ……せっかくいい感じに仕上げてきたのに、戻さないといけないの～？」

何を仕上げてきたの？　と思っていると、その場にいる私以外の全員がため息をついた。

何？　わかってないの私だけ？

「今すぐ戻してこい。なかったことにしろ」

「レアはご主人の命令以外には従わないもーん！」

レアが、私にくっつきながらそう言った。

おいおい、私を巻き込むな！　せっかく、このよくわからない茶番を見物するだけで無言を貫いていたのに！　無視してたのに！

ほら！　お兄様が私を無言で見つめてくるんだよ！　お前が同じ命令しろって目で語ってるんだよ！

「……行ってきなさい」

「はーい……」

　ふてくされながらも、本当に私の命令には従うようで、レアは部屋から出た。

　はぁ……どっと疲れが来た。

　お願いだからさ、トラブルだけじゃなくて、こんな疲れしか生まない茶番も持ってこないでくれ。

　のんびり暮らしたいというのは、そんなに許されないこと？

　面倒事を避けようとするのは、そんなにダメなこと？

　なんなの？　乙女ゲームと同じ行動しやがれってこと？

　やだよ。お花畑なヒロインや攻略対象の相手をするなんて。それなら、あのヘタレ男の矯正をしたりする方がましだよ。

　カインのお母様もさ、放っておいてくれないか？　何があったかは知らないけど、嫌なら、私に直接言ってくれ。喜んで婚約解消するから。それであなたに目の敵《かたき》にされないなら、適当に理由をつけて、カインが有責《ゆうせき》で婚約解消するから。

　そうなると、婚約話から逃げないといけなくなるから、すっごく面倒くさくなるけど、がんばって受け入れるから。無視してればいいんだし。

　まぁ、無視してたらあの駒としか考えていない父親が、勝手に見《み》繕《つくろ》ってきそうだけど。

　とりあえず、今のところ婚約は放置しておこう。無視よ無視。縁談避けの盾にはなってくれているしね。

　そしてカインはとりあえずヘタレなりにはがんばってくれたみたいだから、向こうがまたエスコートしたいといえば、それくらいには付き合ってあげよう。

ダンスを踊ったりはしてあげないけど。

モニカちゃんとパーティーの料理を食べたりするのも楽しいだろうしね。

誘ってこなかったら、ここで休んでいればいいだけだしね。

おいしいご飯を食べに行くと思えば、そこまで苦行《くぎょう》じゃないかも。

「……ご主人様。食事が目的になってませんか？」

また私の心を読んだであろうアイリスが冷たくそう言った。

私は無視して、再び布団にくるまった。

そのまま無視という名の現実逃避をしていると、そんな空気が読めない兄が声をかけてくる。

「おい。結局出席するのか？」

私は、兄の言葉に何も答えない。

なるべく、口汚い言葉は考えないようにしないと。アイリスにばらされるからね。

そもそも出席するかは、そのときの気分なんだよね。

「『出席するかは、そのときの気分なんだよね』だそうです」

良かった。変なことを考えなくて。

どうやら、アイリスの中では、私は一番優先度が低いみたいだからね。変なことを考えたら、普通にばらされそう。それにしても、レアは何を仕上げてきたのだろうか。

なぜかアイリスは、レアのことは心を読んでもばらさないからね。私はレア以下ってことなのかな。そう考えると、なんか悔しいんだけど。

「いや、あのロリデビルにあなたに話したことがばれると殺されるからですね」

まさかの恐怖心だった。私はなんだかんだ言いながら直接怒ったりはしないしね。甘いと言われるのかもしれないけど、そんなので怒るくらいなら、無視するのがいいの。

まぁ、アイリスは無視できないから、もうちょっと対処しないといけないかもしれないけど……レアを恐れてるなら、レアに言ってみる？

私がそんなことを考えると、表情が死んでいるアイリスの顔色が青くなっていく。

「謝罪しますので、それは勘弁してくれませんか？」

だから、マジでレアは何をしたの？　私がレアの名前を出したとたんにこれよ？

そういえば、メイアもやけに怖がってたな。本当に何をするんだろう。

「あのロリデビルに目をつけられたら、墓石の用意をしないといけませんから……」

うん。だからさ、なんで墓石がいるんだよ!!　マジで、あれは何をしてるんだ!?

聞いてみたいけど、聞いたら一生後悔するような気がして、全然聞けない。

「レアを人殺しみたいに言わないでくんない？」

いつの間にかレアは、部屋の中に入ってきていた。

「実際に、メイアがやられかけたじゃないですか」

「ほんとですよ！　あと一歩逃げるのが遅れてたら死んでました！」

そう言っている割には、ピンピンして戻ってきたと思うけど……だからこそ、墓石が必要になる理由がわからないんだし。

「メイメイがしつれーなこと言うからでしょ」

そんなこと言ってたっけ？

私は、急にレアがメイアに怒り出したようにしか見えなかったんだけど……

あっ、でも、希少魔法の使い手は聴力がいいとか言ってたから、私に聞こえないものがレアに聞こえていてもおかしくないか。

レアのふてくされた言葉に、お兄様が冷たく言う。

「たとえメイアが何か言ったとして、殺していい理由にはならないぞ」

まったくもってその通りだと思います。初めてお兄様に同意したわ。

「クライス様だって、バカにされたら腹が立つでしょ？」

「腹が立っても殺さない」

私も殺さない。相手するだけ向こうがつけあがるから、無視が一番効くのよ。

「ご主人様。読み取るのも通訳も面倒くさいので、言葉に出してくれませんか？」

さっきから通訳はしていなかった気がするが、アイリスが私を見て冷たく言う。

嫌よ。関わりたくないもの。こんな疲れるだけの茶番。それに、面倒くさいならやるな！　誰だって好きで心を読まれたいわけではないんだよ！

「ご主人様が返事すらも怠けるので、私が代行していたのですが」

「いや、やらなくていいんだけど」

空気を読めよ！　それに、返事を代行するなら、もうちょっと言葉を飾ってくれ！　そのまま伝えるやつがいるか！

「ここにいます」

そういうことじゃないわよ！

私が心の中でツッコミをいれていると、お兄様が軽くため息をついて聞いてくる。

「おい。話がそれてるぞ。結局出席するのか？」

「面倒くさいんで嫌です」

私が冷たく言うと、その場にいる全員がなぜか同意する。

「そうでしょうね」

「だろうね」

「だろうな」

「そんな気はしてました」

アイリス、レア、お兄様、メイアの順番で同意した。

そして、お兄様よ。わかってたのならわざわざ誘いに来るな！

「マナには言ったのか？」

「言ってませんけど。良心が痛むので」

「ご主人様に良心が存在したのですか」

アイリスが意外ですとそんな風に言う。

失礼すぎない？　レアよりは絶対に良心があるでしょうよ！

「確かにそうですね。失言でした。このロリデビルよりはましでしたね」

「……なんか、バカにされた気がするんだけど」

いや、気のせいだと思うわよ？　バカになんてしてないって。

「ええ。していませんよ」

私の言葉にアイリスは同意するように言うけど、レアの目は冷たくなる。

「よし。アイちゃん付き合って」

「絶対に嫌です」

この文面だけ見ると、レアが告白してアイリスにフラれたみたいに見えるな。実際は、メイアの二の舞に遭わされそうなのを、アイリスがなんとか防ごうとしているんだろうけど。

「たいちょー命令だよ。ほら、行こう行こう」

レアがアイリスに触れようとすると、アイリスはそれを全力で避けている。

触れられたら何かまずいことでもあるのだろうか？

「隊長。半径五メートル以内には入らないでください」

「えぇ……いいじゃん別に。ねぇ、ご主人」

だから、私を巻き込むな！　せっかく関わってなかったのに！　疲れるだけの茶番を持ってくるなと言ってるでしょうが！　私を舞台の上に引きずり上げるな！

「好きにすれば？」

大変なことになるかもしれないけど、さっき心を読んでくれた仕返しだ。やられてこい。墓石が必要なら買ってあげるし、骨も拾ってやるから。

「はーい。ほら、行こう」

「嫌です！」

「メイメイ。外に連れてくの手伝って」

埒《らち》が明かないと思ったのか、メイアに助《すけ》っ人《と》を求める。

メイアは、嫌そうな顔をした。

「いや、嫌がっているんですから、無理に……」

「やってくれたらメイメイとの続きはやらないから」

「承知しました」

手のひら返しが速い！　どんだけ嫌だったのよ！

そうやってツッコミをいれているうちに、メイアが気を引いて、レアがアイリスに触れる。すると、まるで全身の力が抜けたように、その場に崩《くず》れ落ちる。そして、そのまま引きずるように出ていってしまった。

あれが、レアの希少魔法なのかしら。

でも、ただ力を抜くだけなのかしら？　それだと、二人があそこまで恐れるようなことはないと思うけど……

「出る気がないことは、一応承知したが、逃げきれるとは思わないことだな」

お兄様は、そんな不穏な言葉を口にして、部屋を出ていった。

この部屋には、もうメイアしかいない。

「ねぇ。なんでアイリスは崩《くず》れ落ちたの？」

「レア隊長の希少魔法は、相手を眠らせることができますから。触れないと意味がありませんけどね」

あぁ、それでアイリスは触れられまいと避けていたのか。納得した。

まぁ、とりあえず、嵐が去ってくれたので、またのんびり惰眠《だみん》をむさぼっていようかな。

おやすみ〜。


おはようございま〜す……

のんびり暮らすのはいいものだ。今までがトラブル三昧《ざんまい》すぎただけで、普通はこれだよな。

まぁ、疲れすぎていたせいで、気がついたら翌日になっていたけど。

「ご主人様、おはようございま〜す！」

ぽけーとしている私とは違って、メイアは元気に挨拶する。

私は目を擦りながら挨拶を返した。

「あぁ、おはよう。レアは戻ってないの？」

あの子は、このベッドがお気に入りみたいだから、アイリスとの用事を終えたら、ここに戻ってくると思っていた。でも、昨日の夕方から寝てしまっていたのに、まだ戻ってきていない。

寝起きにレアの天使みたいな寝顔を見るのは密かな楽しみになっていたので、少し残念に思ってしまう。

「あぁ、レア隊長なら遊びに行きました」

それを聞いた私が真っ先に思ったのはこれ。

子どもか？

いやいや、お父様よりも年上なのに、のんきに遊びに行ったって……おかしくない？

でもあの年増《としま》なだけの子どもならあり得なくないから、そんなわけないでしょとは否定できない。

今までに、年相応の行動をしたこともないしね。

白梟《しろふくろう》になるのだから実力はあるのだろう。

でも、白梟《しろふくろう》のメンバーが違う意味で個性的すぎて、本当に優秀部隊なの？　と思い始めている。

私が仕事を頼めばすぐに終わらせてくれるから、まぁいいのか？　という思いを天秤《てんびん》にかけている状態だ。

「隊長がどこかに行って問題ないの？」

「むしろ、サリア隊長とルクト隊長は泣いて喜ぶかと～」

それを聞くだけで、レアがどれだけ問題行動を起こしてきたかがわかる。まぁ、レアのせいでモニカちゃんの中の白梟《しろふくろう》のイメージがぶっ壊れただろうしね。

そういえば、本人は約束で白梟《しろふくろう》になったって言っていたけど、誰の約束なのだろう？　メイアに聞いたら教えてくれるだろうか？

……教えてくれないだろうな。知らなかったとしても、知っていたとしても。まぁ、それなら最初から聞かない方がいい。

聞かない方がいいのだけど……それでも気になるものは気になる。

「いや、泣きはしないんだが。むしろ、あの問題児が何かしでかさないかの方が心配だ」

そんな声が、ドアの方から聞こえてくる。

そちらの方を見ると、一人の男性が立っている。泣きはしないと言ったことと、男性だということから、第二部隊隊長のルクトだろう。姿を見るのは初めてだ。

見た目は、どこにでもいるような普通の男性。でも、影には顔の特徴はない方が目立たないだろうし、ある意味良いのかもしれない。

「ルクト隊長。あなたがこちらに来たのですか？」

「あいつが離脱するほどの相手なら、そこらの隊員には任せられないだろう。だから、俺が護衛にきた」

当たり前のようにメイアにそう言った。私は、内心頭を抱える。

なんで私の周りには、隊長や副長クラスが集まるのよ。いや、主《あるじ》だからと言われればそれまでなんだろうけど、一般隊員に会ったことないのはおかしくない？

一般隊員はいませんとか言われても信じるレベルだ。

実は、本当にいないのかもしれないけど……

「……あなた、白梟《しろふくろう》の隊長なのよね？」

ほぼ百パーセントそうなのだろうが、念のために聞いてみる。

すると、ルクトはその場に跪《ひざまず》く。そして、丁寧に自己紹介をしてくれる。

「これは失礼いたしました。白梟《しろふくろう》第二部隊隊長、ルクトと申します」

私は、それをじーっと見ていた。

すると、ちょっと戸惑いながら、「どうしましたか?」と聞いてきた。

「いや、白梟《しろふくろう》で初めてまともなやつと会った気がして……」

サリアは会ったことがないから論外として、メイアはまだましな方だけど、アイリスは人の心をすぐにばらすし、レアは言わずもがなだし。

白梟《しろふくろう》は、アブノーマルじゃないと入れないの? と一瞬本気で考えたくらいだ。

全然、そんなことないんだろうけどね。

「それって、私もまともじゃないってことですか!?」

「あぁ、うん。だって、よく隊長たちを怒らせておっかけっこしてるんでしょ? まともではないじゃない」

いわゆるあれだよね。バカってやつ。学習能力がない。そんなのをまともとは言えないよ。

もちろん、メイアもわざとやっているわけではないのだろう。

わざとやってるならちょっとアレな人になってしまう。メイアはそんなことはない……はず。断定はできない。

「むぅ……怒らせたくて怒らせてるわけではないんですけどねぇ～」

「いや、あれはわざとだろ」

ルクトがメイアに鋭いツッコミを入れる。

メイアは、ムッとなって言い返した。

「いえいえ！　違いますよ！　思ってることが口に出てしまうだけです！」

「それがわざとにしか思えないのよ」

あれでわざとじゃないなら、本当にただのバカなんじゃないの？

そう思いながら、私はため息をついた。

さて、珍しくまともな白梟《しろふくろう》に会ったところで、私はお散歩がてら、授業が終わってから出歩いていた。

そして、噴水のところで休憩しようと思って、そこに向かっていると、話し声が聞こえてくる。

「ルーファス様。こんなところでどうしたんですか？」

「それをお前に言う必要があるのか」

ルーファスという名前は、聞いたことがある。友人から、攻略対象として教わっていた。

確か、基本属性である、火、水、風、土のすべての属性を使いこなす天才で、人間不信だった。

クライスは、妹であるリリアンの影響で女嫌いになっていたが、ルーファスは人間不信。理由は、そんな天才を色眼鏡で見るような人間ばかりだったからだ。

クライスは妹のような女性が嫌いなだけだが、ルーファスはすべての人間が嫌いというものなので、あんな塩対応になってしまう。

どうやら、ヒロインはルーファスを攻略しようとしているようだ。まぁ、本人にそんな意志はないのかもしれないけどね。

どちらにしても、あんな状況では休憩などできそうもない。

それじゃあ、私はいったんここから離れて、しばらくしたら戻ってくることにしよう。

そんなわけで、数十分くらいまたのんびりと歩いて戻ってくると、まだルーファスが寝ている。

ヒロインは近くにいないようだった。

寝ているのなら、置物として扱えばいいかと思い、私は噴水に腰かける。

そして、ただ座っているだけなのもと思い、適当に魔法の鍛錬《たんれん》をしてみる。あまり使っていなかったので、魔法の威力とかは、最初にやらかしたときからそこまで変わっていない。

今は、土壁を作ったりしている。ゴーレムと言われる人形みたいなのも作ってみる。あのスタンピードのときに使ったやつの劣化版《れっかばん》のような感じだ。

おままごとで使うような手のひらサイズだけど、魔力を通せば動き出している。

「かわいい」

土人形なので、顔のパーツもはっきりしていないが、自分で作ったものだからかかわいらしく思える。

土魔法……他に何かできないだろうか。よくあるＲＰＧのゲームとかでは、金属を取り出したりしていたけど、今の私ならできるだろうか。

私は、土に魔力を通す。そして、土の状態を確認する。魔力で土の状態を読み取ることで、土の断面図を脳内に浮かべることができる。

すると、赤土が見える。ボーキサイト鉱床《こうしょう》か。ということは、アルミニウムが作れるわけだ。でも、アルミニウムがあるからといって、何か使い道があるのかと言われてもわからない。

どちらかといえば、金とかの方が使い道あるよなぁ。

アルミニウム……あっ、そうだ。あれを作ってみるか。材料は、他には銅と、マグネシウムと、マンガンと、ケイ素だったかな。

でもなぁ。酸素を取り出す方法が難しいんだ。還元《かんげん》すればいいんだけど、めちゃくちゃ大変なんだよね。風魔法とかなら、酸素を取り出せたかもしれないけどさぁ。私は風魔法が使えないからなぁ。

「とりあえず、酸化物は取り出してみよう！」

それまでなら、土魔法で取り出しておける。私は、魔力を操作して、酸化アルミニウム、二酸化ケイ素、軟マンガン鉱を取り出した。残念なことに、マグネシウムが見つからなかったけど、実験だから、失敗してもいい。

現代日本の科学知識は本当に便利だ。元素の構成とか、どんな見た目なのかもわかるので、すんなりと取り出すことができた。私が興味があったというのもあるけど。でも、問題はここからなんだよ。酸素を取り出さないといけないんだけど、どうやればいいんだって話。風魔法が使える人がここに来てくれればいいけど、そんな都合がいい人はいないだろうし……

「なんだ。さっきから騒がしい」

そんな声が聞こえて、ふと隣を見ると、今にも寝起きですといったような格好をした青年があくびしながら起き上がる。

私は、声は聞こえたが無視して、対策を考える。

「おい。聞いてるのか？」

う〜ん……どうしようか……

「おい」

風魔法が使える知り合い、いたかなぁ？　お兄様は土と火だった気がするし、白梟《しろふくろう》は全員希少魔法だからなぁ。モニカちゃんも、風魔法を使えると聞いたことがないし。

そもそも、魔法があるこの世界で、酸素という概念《がいねん》があるのか疑わしいところだ。

人間は、酸素を吸って二酸化炭素を吐き出してるんです！　なんて言って、頭がおかしい人扱いされるのが目に見えている。

なら、空気を取り出すと言ってみる？　でも、こんな石ころのようなものに空気が入っていると言って信じてもらえるかな？

「おい！　お前だ！　聞こえてるんだろ！」

ついに肩を掴《つか》まれた。チッ。面倒くさいな。

「なんですか。用事なら手短にお願いします」

こっちは考え事してるんだよ！　どうやったら酸素を取り出せるのかという重要な考え事をな！

「何をしてるんだ」

「合金を作ろうとしているだけですが？」

「……ゴウキン？」

……あれ？　こっちには、合金という言葉すらないの？　剣はどうやって作ってるんだよ。あれこそ、合金の代表格みたいなものでしょ。

「金属と金属を合成させることです。やってるのは、ジュラルミンですね」

ジュラルミンは、合金といえばくらいには有名だと思っている。私は、変なところでこだわりがあって、気になったらとことん調べてしまう。

まぁ、それが人のプライバシーとかだったら、探ったりはしないけど。私だって探られるのは嫌だし。まぁ、そんなわけで、私はそれって意味があるの？　と思えるような雑学をちょこちょこ知っている。雑学王とまではいかないけど、聞きかじる程度には。そして、それなりに記憶力もある方なので、大まかな内容は覚えている。

友人にも、『あんたは変なことは知ってるよね』とよく言われていた。

私は、友人を呆《あき》れさせるようなことが多かった気がするな。反省しよう。

「それで、これらの塊《かたまり》を使うのか？」

ルーファスは、私の前に並んでいる酸化物たちを掴《つか》んで、じろじろ見ている。魔術師としては、こんな錬金術《れんきんじゅつ》みたいなのは気になるのだろうか。

「ええ。あとは、酸素が取り出せればなんとかなると思うんですけどね～」

あとは、加熱して溶かして混ぜるだけだからね。それなら、なんとかならなくもない。でも、還《かん》元《げん》は話が別だ。

「サンソというのは？」

「人が呼吸するときに取り入れるものです。目には見えませんけどね」

酸素が目に見えるやつがいたら、結構怖いし。どれだけ目がいいんだよって話になる。

「あぁ、あの魔法はそういう原理か」

「あの魔法とは？」

「水中で呼吸できるようにする水魔法があるんだ。空気の泡を作って、それで呼吸するんだけどな」

そんな水魔法があるの!? 確か、水にも酸素が含まれているから、それを取り出してるってこと？ ……うん？ 待てよ？ これ、応用できないか？

まんま水魔法として使うまではできないかもしれないが、応用すれば、自分で作ったりできるかも。

水魔法は水を操るわけだから、水分子に含まれている酸素を操り、水素と分けることができるという仕組みのはず。

それなら、ちょっとイメージしてみよう。水を鉱石に変えるだけなら、土魔法の魔力でできるかもしれない。酸素を取り出すイメージでやっていたが、鉱石を取り出すイメージでやれば、土魔法でできるかもしれない。

私は、意識を集中させる。そして、アルミニウム、ケイ素、マンガン、それぞれの鉱石を取り出すイメージでやると、なんとか取り出せた。

よし！　最後は火にかけて混ぜるだけ！　簡単だ！　なんとかなる！

「よし、寮に戻るぞ〜！」

私は、ウキウキ気分で、その場を離れた。そこに、攻略対象がいたのも忘れて。

そんなわけで、作った鉱石で、私はジュラルミンを作ってみる。マグネシウムはないけど、銅については、私の貴金属に銅製品があったので、少しちょうだいした。とりあえず、ひたすら溶かせばいいのだが、それに何時間かかるかわからない。火魔法が使えればいいんだがなぁ。そしたら、一瞬で溶かせそうだもの。

「お嬢様？　何か悩み事ですか？」

「この金属たちを溶かす方法を考えてた」

私が部屋でずっとう〜んと唸っていたからか、マナが入ってきて、質問してきた。

私がそれに答えると、マナはきょとんとして言う。

「私は火魔法を使えますよ？」

えっ⁉　マジで⁉　魔法が使える存在が少ないというのに！　それはありがたいことだ！

「それじゃあ、これらを溶かして混ぜられるかしら！」

「やってみますね！」

マナは、その金属を持って外に出ていく。数分くらいすると、鉄と思われる金属の器に入れて、何か持ってきた。

「これでいいですか～？　結構熱いんですよー！」

「大丈夫よ」

私はそう言って、その器だけを水で包む。金属に触れないように調整して。そして、手を冷やしてもらうために、もう一つの球体の水を生み出した。

「ほら、これで冷やして」

「ありがとうございます……」

私は、器をキンキンに冷やして持った。中の金属は、完全に固まっている。

これは、成功かな。マグネシウムが入ってないし、取り出せないから、失敗かもしれないけど。

そもそも、土魔法の使い道を見つけたかっただけだから、取り出せなくても全然問題ないんだけどね。

「お嬢様。この金属はなんですか？」

「ジュラルミンって言って、かなりの強度を持つ合金よ」

成功したかはわからないけどね。

試すには、弓矢で撃ち抜いたりすればいいけど……。でも、それだとジュラルミンができているということを証明するのは無理だろうな。

そもそも、こんな小さな器の中の金属めがけて弓矢を当てられるのはまずいないだろうし。

う〜ん……試すにはどうしたらいいだろう。

「かなりって、どれくらいですか!?」

「えーっと……初級魔法なら、ほとんど防いじゃうくらい」

私がそう言うと、マナは「すごいじゃないですか！」と興奮している。

でも、上級魔法とかならまだしも、初級魔法を防ぐだけではあまり意味がないような気がする。

当然だけど、魔法……もっと言えば、攻撃魔法は攻撃のために使うもの。初級、中級、上級と分かれているが、ほとんどの人は中級魔法を使う。というか、中級魔法から大抵は攻撃魔法としてカウントされるのだから。

このジュラルミンが成功しているとするならば、電車や飛行船などと同じくらいの強度ということになる。

それなら、火球《かきゅう》くらいなら耐えられるのでは？　と思うけど、そんな実験をしているところなんて当然ながら見たことがないので、断言はできない。

そのために、絶対に防げると断言できるのは、初級魔法のみ。

でも、初級魔法しか防げないのは戦場ではあまり使えない気がするということだ。

――そう思っていたのだけど、どうやらマナがお家に言ってしまったみたいで、こんな手紙が送られてきた。

『子細を報告しろ』

またもや長ったらしく書いてあるけど、簡単に言えばこういうことだ。

面倒くさいので、水に濡らして、地面に埋めて、なかったことにしたら、その翌日。また同じ文面の手紙が届いた。

もうしつこい！　という思いで殴り書きするように書いて、マナに出した。

内容は、わかりましたの一言とジュラルミンの製造法（我流）。

だって、知識として知っているだけで、正しい製造法なんて詳しくは知らないし。

そして、その一文字一文字に恨み辛みを込めた。

もちろん、殴り書きなので字は汚い。でも、そんなのしったこっちゃない。

そして、マナにもぶつくさ文句を言いながら渡したところ、平謝りされたので、マナは許すことにした。

そして、そんな私からの一言。

面倒くさいことを持ってくるな！

第四章　面倒くさいパーティー

ルーファスとの交流から数日が経過して、パーティーまであと三日となったとき。

最近、友人の言葉が脳裏によぎることが多い気がする。

その友人は、明莉《あかり》という名前で、よくずけずけと人の心に入ってきたりするが、気遣いはできる方だ。

明莉《あかり》とは、中学生からの知り合いで、知り合ったきっかけは、同じ生徒会に属していたから。会長の私と副会長の明莉《あかり》は、よく仕事で一緒になって、そこから話すようになった。

お互いに似た者同士だったけど、同族嫌悪《けんお》にはならず、類《るい》は友を呼ぶ状態になった。

もし、前世の友人のような存在がいれば、きっと仲良くなるだろうな。

モニカちゃん以外にも、友達が欲しいと思っていたし、パーティーで声をかけてみるか？　出席してしまうことになるが、それなら別にいいかもしれないし……

攻略対象とヒロインさえ関わってこなければ……だけどな。パーティー自体も面倒くさいが、それと交流するのも面倒くさい。

ルーファスはまだましな方だよ。頭の中お花畑になってないもの。

そんなこんなで、授業が終わり、寮に戻ろうとしたとき、「あ、あの！」と声をかけられる。

私が辺りを見渡すと、「あの……あなたです、リリアン様！」とまた声をかけられたので、面倒くさいと思いながらも、私は後ろを振り返る。

そこには、茶髪に緑眼といったありふれた容姿の女の子が立っていた。

「何かしら？」

「ちょっと、お話ししたいことがありまして……」

そう言って、彼女は辺りをキョロキョロと見渡す。どうやら、人目がつかないところがいいらしい。

「それなら、私の部屋に来る？」

「えっ？　いいのですか？」

「ええ」

私の勘が鈍《にぶ》くなってなければ、この子には全然悪意を感じないからね。モニカちゃんよりは信用できるよ。

そんなわけで、私は彼女を部屋に招き入れた。二人きりの話を望んでいるだろうから、マナやメイアには外に出てもらった。

しばらく私はお茶を飲んでいたが、彼女は意を決したように話し出す。

「あの……おかしなことを聞くかもしれませんが、リリアン様は、カイン様のことがお好きではないのですか？」

いきなりそんなことを聞かれたので、私は飲んでいた紅茶を吹き出しそうになる。そして、ティーソーサーも落としそうだった。ギリギリでこらえて、私はソーサーをテーブルに置いて、話し出した。

「別に。どうでもいいわよ」

そう。私は、カインのことは好きでも嫌いでもないのだ。

だからこそ、積極的に婚約解消に動かない。別に、結婚したくないと思っているわけではないし。

ダメ男でも、更生してやればいいだけの話だからね。

「えっ、でも……」

「何か気になることがあるのかしら？」

まるで、私がカインを好きなのが当たり前のように言っているので、素直にそう聞くと、少し戸惑うように話した。

「だって……そうじゃないと、成り立たないし……」

……うん？　成り立たない？　そんな言い方は、まるで、この世界が乙女ゲームと知っているような言い方ですよ？　もしかしてとは思うけどこの子も転生者？

私は疑問に思って、少し遠回しに聞いてみた。

「別に、私がいなくても大丈夫よ。彼女は普通に殿方に声をかけているみたいだし」

「まぁ、そうなんですけど――えっ？」

私の言うことに同意しようとして、ポカーンとした顔で、私を見る。

「あ、あの……もしかして、あなたも転生者ですか？」

「ええ。そうね」

「だからストーリーから外れてたのかぁ！」

もう思いっきり大きな声を出したので、外に聞こえていないか不安になった。

さすがに、このセリフを聞かれたら、怪しまれそうだ。

「まぁ、付き合ってあげる義理もないもの。勝手に恋愛ごっこしてればいいのよ。おバカさん同士ね」

「うっわ……冷たいなぁ……。友達とそっくりね」

顔を歪《ゆが》めながら、私の発言に引いている。

友達に私みたいなのがいたの？　付き合うのやめた方が良くない？

「まぁ、あの毒舌《どくぜつ》は、もっとひどかった覚えがあるけど。私が乙女ゲームを勧めても、『そんなくだらない恋愛ごっこをやりたいとは思わないわ』って死んだ目で言ってきたからね！」

……おかしいな。それは、私も明莉《あかり》に言った覚えがあるぞ？　しかも、同じセリフだった覚えがある。

「……同じことを私も友達に言った覚えがあるわ」

「えっ!?　そうなの!?　友達、怒らなかった？」

「ええ。『ひどい！　もうちょっとオブラートに包んでよ！』って言われただけね」

確かめるために、私があのときに明莉《あかり》に言われたことを言ってみる。

すると、彼女は口をパクパクしている。

「あ、あんた……麗香《れいか》？」

「そうね」

「はぁ!?　なんであんたがここにいるのよ！」

「いたら悪いの？」

「だって、あんたに敬語を使ったと思うとさぁ……なんか嫌だもの」

どういう意味だこのやろう。私は公爵令嬢なんだから、前世では友達でも、敬語を使うのが当たり前なんだよ。こういうところはまったく変わってないな。

でも、こういう素直なところが、明莉《あかり》の魅力なんだけど。

「公爵令嬢なんだから、当たり前でしょうが」

「……まぁ、そうなんだけどさ。それよりも、麗香も死んだの？」

「いや？　急に目の前が暗くなったと思ったら入学直前の悪役令嬢に生まれ変わっていただけよ」

もうちょっとタイミングが早ければ良かったのにと思っているけどね。それなら、そもそもカインどころか、誰とも婚約しないつもりだったし、兄や父も無視してたし。

「それで、破滅回避《はめつかいひ》のために避けてるわけ？」

「いや？　破滅回避《はめつかいひ》のために攻略対象に媚《こび》を売らないといけないと思うと吐き気しかしないから、無視することにしたのよ。相手が面倒くさいじゃない」

私がそう言うと、明莉《あかり》はため息をつく。

「面倒くさがりなのは、全然変わってないわね。まぁ、あなたがそう決めたなら好きにすればいいと思うわ」

「そういえば、今のあなたの名前は何て言うのよ？」

聞こうと思っていたけど、聞くタイミングが掴《つか》めなかった。

ちょっとおかしいかもしれないが、聞いておかなくちゃね。前世の名前で呼ぶわけにもいかないし。

「ソフィアよ」

「……高貴な貴族令嬢みたいな名前ね。あなたには全然似合わないわ」

「高貴な貴族令嬢じゃなくて悪かったわね！　あなたのその減らず口を縫いつけてやりましょうか⁉」

私の胸ぐらを掴《つか》んでくる。

うん。ヤバイよ、友よ。私が人払いしてなかったら、今ごろあなたは床に伏せてたからね？　平民が公爵令嬢に乱暴してるんだから。

そんな感情的に動いても、なんだかんだ私の真意を汲み取ってくれるこの友人が、私は嫌いにはなれないのだ。

そのままたわいもない？　会話を続けていると、急にドアが開く。

おい、せめてノックをしろや！

「リリアン様！」

ノックもせずに慌ただしく入ってきたのは、モニカちゃんだった。

明莉《あかり》……ソフィアも、人が来たのを察したのか、いつの間にかパッと手を離してソファに座っていた。

走ってきたのか、モニカちゃんは息切れもしている。

「パーティーに出るつもりがないと聞いたのですが！」

「ええ。面倒くさいもの」

あんな疲れるだけのイベントには出たくないわ。新たな友達もたった今増えたしね。二人いれば充分でしょう。

リア充とかから見れば少ないとか思われるかもしれないけど、私は心を通わせる友人が少数だけで充分なのだ。

「それなら言ってくださいよ。私も出ませんから！」

いや、あんたまで付き合わなくていいよ。出たいなら出ればいいと思う。

モニカちゃんは高級なものが好きみたいだし、パーティーにはそういうのもあるだろうから、本当は見たいんじゃない？

まぁ、本人が嫌なら無理にとは言わないけども。

「モニカ・テンフェル……？」

隣にいる明莉《あかり》……じゃなくて、ソフィアが呟《つぶや》く。

そういえば、モニカちゃんは、元はゲームの登場キャラクターだったな。ずっと関わってなかったから忘れてたわ。

攻略対象が叔父のアレクシウスだっけ？　普通に学園生活を送っているつもりだけど、いまだにそれっぽい存在には会ってないんだよな。

「あなたは……？」

やっとのことでソフィアに気づいたのか、モニカちゃんが声をかける。

「ソフィア・リーヌです」

「あぁ、特待生の一人の！」

モニカちゃんは思い出したというようにそう言った。

それを聞いた私は少し困惑する。

（えっ？　そうなの？　ゲームでは、特待生はヒロインの一人じゃなかった？）

私が聞いた話では、特待生はヒロインだけ。それがヒロインの特別要素を表している。平民だから特待生、というようにしておかなければ、王子様とか公子様などと恋愛するのは無理なのだろう。

まぁ、目の前にいる明莉《あかり》からの情報だから、確信があるわけではないけど。

「実技よりも、筆記でとっているだけですけどね」

そう言いながら、すまし顔でお茶を飲んでいる。

まぁ、ここの勉強は日本で学生をしていた私たちからすれば、簡単すぎてあくびが出るレベルだものね。もちろん、めちゃくちゃ簡単というわけではない。そう思えるのは、あくまで数学などである。

歴史は勉強しなくては不可能だろうが、逆に言えば勉強をすればとれる。

全部が全部同じ内容ではないけど、日本で学生をしていれば、勉強の効率もなんとなくわかってくるものだ。その分のアドバンテージがあるというわけ。

でも、ここは魔法学園だ。実技もそれなりにできないと特待生にはなれないので、ソフィアは実技もそれなりには優れているのだろう。

「それでもすごいですよ。それよりも、なぜここにいるのですか？」

「リリアン様とお茶をしながらお話しさせていただいただけですよ」

敬語を使いたくないと言っておきながら、人前ではしっかりと取り繕《つくろ》う。

あんな本性は、私の前でしか見せない。

まぁ、素で接してくれていると思えば、なんとも思わないけど。

でも……こいつが猫かぶりをしている姿は、いつ見ても慣れないものだ。

「私もリリアン様とお茶会したいのに……」

モニカちゃんは、なぜかしょんぼりとする。気持ちはうれしいけど、ソフィアも一緒の状態でお茶会しても、疲れるだけだと思うわよ？

「それなら、今からでも参加してみてはどうですか？　リリアン様も、かまいませんよね？」

ソフィアは、にこりと私に判断を委《ゆだ》ねてきた。確かにこの場は私が一番身分が高いので、私に判断を委《ゆだ》ねるのは正解。

でも、参加してみてはと言ってる時点で、ソフィアの笑みは、断るなどという無言の圧に変わる。

モニカちゃんのためならば、追い返すのがいいかもしれないけど、正直に言ったら傷つくかもしれない。

「好きにすれば？」

ちょっと嫌な言い方になってしまったけど、それは仕方ない。ソフィアの被害者は少しでも減らしておくべきだ。

私はソフィアの素直さが好きだけど、あまりオブラートに包まないので、気遣いがないと言われることもある。

こんな風に言われても参加するというのなら、我慢してもらうしかない。

「それじゃあ、今からでもお邪魔《じゃま》しますね！」

そう言って、モニカちゃんは私の隣に座った。それを見て、ソフィアの目も据《す》わる。

「……普通は、私の隣に来るべきでは？」

「私はこっちがいいんです！　リリアン様もいいでしょう？」

「ええ。好きな方に座ればいいと思うわよ？」

知らない人の隣よりも、知り合いの隣の方がいいのかもしれないしね。

そう思っての発言だったのだけど、モニカちゃんがちょっと落ち込んでいるような気がする。

そして、ソフィアが私に呆《あき》れたような視線を向ける。

そのあと、モニカちゃんを気遣うような声色《こわいろ》で言う。

「……モニカさん。お話があればお聞きしましょうか？」

「そうですね。お伺《うかが》いしてもいいですかね……」

モニカちゃんは落ち込みながらソフィアの提案を受け入れる。

そんなに落ち込むようなこと言ったかなぁ？

「では、リリアン様。私はこれにて失礼いたします」

ソフィアはそう言って私に、制服のスカートの裾を掴《つか》んでカーテシーをしたあとに、モニカちゃんに「行きましょう」と声をかける。

「それでは、リリアン様。失礼します」

モニカちゃんは、ペコリと頭を下げて、部屋を出ていった。

そのあとに、メイアが様子をうかがうように部屋に入ってくる。

「ご主人様……何をしたんですか？」

メイアにそう聞かれたので、ソフィアが転生者というのは伏せて、先ほどまでの出来事を詳細に説明すると、メイアがわかりやすくため息をついた。

「ご主人様が鈍《にぶ》いのがよくわかりました」

「鈍《にぶ》いって何が」

「モニカ様がかわいそうです……」

いや、だから何が!?　そんなに鈍《にぶ》いと思われるような行動してたか!?

……してたから言われてるんだよな。

まぁ、別に直そうというつもりはない。私が鈍《にぶ》いというのなら、そんな鈍《にぶ》い私にもわかるように言ってくれればいいだけのことだ。

ちゃんと理解しろ！　と思うかもしれないけど、私も理解しようとはしている。

でも、わからない。

なら、相手が理解できるまで話してくれてもいいのではないか、と思ってしまう。

まぁ、わからなかったら、聞かなかったことにすればいいだけの話なのだけど。

そう思って、私は紅茶を飲み干した。


そんなわけで、パーティーまで残り二日。

教室がすごく騒がしい。私が本を読みながら聞き耳をたてると、どうやら誰とダンスを踊るかということを話し合っているみたい。その中には、カインの名前も出ている。

婚約者がいても、ファーストダンスでなければ、踊っても何の問題もない。

まぁ、私は出るつもりなんて毛頭ないので、好きに踊ればいいと思う。

そもそも、私はダンスは好きではない。ダンスは好きな人がやればいいと思う。好きでもない人からすれば、無駄に疲れるだけの動きしかしないものだから。

「リリアン様も出てくださいよ⁉」

いつもは話しかけない女子生徒が、急に声を荒らげて話しかけてくる。

この女子生徒は、よく私の悪口を言っている人だ。私が悪役令嬢していない今、この子の方がよほど悪役令嬢だろう。

たま〜に、悪口を言う人が聞こえるように言ってはいるけど、いつも通り、読書をして無視している。こういうのは、無視が一番だもの。下手に反応したら向こうの思うつぼなのだから。

攻略対象は、向こうから関わろうとしてくるからなかなか無視できないけど。

すると、本を取り上げられた。

あっ！　いいところだったのに！

「今回はちゃんと聞いてくださる!?　あなたがカイン様と踊ってくれないと、私たちが踊れないのですわ！」

どうやら、いつも相手にされていないことの自覚はあったようだ。

そして、社交界のマナーはきちんと守るらしい。

でも、私からしてみれば、そんなのは知らんって話だ。別に怒ったり、問題にしたりもしないから、勝手にやっててくれという話。

そして、私は仮にも公爵令嬢だ。

それなのに、こんな乱暴な言い方は良くないと思うわよ？　まぁ、わざわざ注意する義理もないけど。注意したらしたで逆上されそうだしね。

私は彼女の発言には特に返事もせずに一言こう言った。

「本を返してくれる？」

私は彼女たちに取り上げられた本を取り返して、再び読書を始める。今の間に、どのページまで読んだか忘れちゃったじゃないか。

なんとか、この百以上あるページから、記憶を頼りに探るしかない。

う～んと……

「いい加減になさってくださいませ！」

あっ、このページだ。

「ちょっと！」

「うるさいから黙ってくれない？　集中できないのよ」

「なっ……！」

やっと見つけたというのに、側で雑音がしていては、内容も頭に入らない。

しかも、ここは名シーンだというのに。ちなみに、今読んでいるのはすれ違いの恋愛小説。やっと両思いなのが伝わるという重要なシーンなのだ。

これは、マナからおすすめと貸してもらったものなので、あとで返さなければならないから、さっき取り上げられたときに傷がつかなかったのは不幸中の幸いだな。

でも、おすすめとするだけはあって、読書に集中するくらいには面白いと思う。

「あの～、リリアン様？」

聞き覚えのある声が聞こえて、私がそちらの方に視線を向けると、ソフィアがいた。

そういえば、同じクラスだったっけ。クラスメイトは興味がなくて、顔を覚えてなかったわ。

ソフィアは前世の友達だと判明したことだし、ちゃんと覚えておくことにしよう。

「せめて返答くらいはしてあげてください」

「面倒くさいから出ないわ」

私は彼女たちの方を向いてそれだけを言って、また読書を再開する。

彼女たちは、それから震えるだけで何も言わなくなった。

ソフィアが私を呆《あき》れたような目で見ているが、気にしない。

「それなら、わたくしがパートナーを務めてもよろしいんですの？」

「好きにすれば？」

別に、カインが他の誰かをパートナーにしていたって、私のカインに対する評価が下がるだけで、他には何も感じないもの。

私が悔しがると思っていたのか、彼女は「えっ……!?」と言って固まってしまった。

別に、カインをとられたくないと思っているわけではないしね。

欲しいなら差し上げますよ？　カインが良いって言うならだけどね。

「そういえば、モニカさんと何のお話をしていたの？」

あのあと、どうなっていたのかちょっと気になる。聞いても教えてくれないかもしれないけど、それなら別にかまわないし。

「あぁ、なかなか思いが伝わらないという愚痴《ぐち》を聞かされましたよ？」

ソフィアは、私の方をじーっと見て答える。私に何かあるの？

「あら、そう。がんばってほしいわね」

ソフィアの視線が気になりはしたけど、答えは聞けたので、読書を再開する。

「ありゃあ、ダメよモニカちゃん……」

何かソフィアが呟《つぶや》いたような気がしたが、はっきりとは聞こえなかった。

授業が終わったあと、また突っかかられた。

先ほど私に出てほしいと言ってきていた人たちである。

「わたくしたちはどうしても踊りたいのですわ！　形だけでも出てくださいまし！」

いつもなら私の悪口放題な子が、普通にお願いしてきた。しかも、頭を下げてまで。

表向きであろうと、頭を下げられると、いつものように無視ができない。

私の中に残っているわずかばかりの良心が刺激されてしまうのだ。

「そもそも、何が面倒なのです？」

「挨拶回り、ダンス、取り繕《つくろ》い……」

その質問をされた瞬間、私の中の何かが弾けたようにポンポン出てくる。

でも、これは表向きのようなものだ。

本音は、あまりヒロインに会いたいと思わないから。カインには、言い寄ってくると愚痴《ぐち》を聞かされたが、先日ルーファスにも言い寄っているのを見ると、よくある逆ハーレム狙《ねら》いってやつなのではないかと思ってしまう。

この乙女ゲームに逆ハーがあるのかは知らないが、普通、いろんな男性に自分から声をかけるような尻軽《しりがる》が嫌いなのだ。カインにいたっては、婚約者がいるというのに。

そんなヒロインと対面するかもしれないなら、逃げとか自己中とかそんな風に言われても、無視したいと思ってしまうのが本心。

下手に仲良くしようとか、そんな風に媚《こび》を売ったりするよりも、そういう存在とは関わらないのが一番だから。

「一度だけでいいのですわ！　わたくしたちも踊りたいんですもの！」

一生のお願いという風にお願いされると、わずかな良心に針がチクチクと刺さるような痛みが走る。自己中なのはわかってるし、わがままなのも理解しているが、ヒロインと攻略対象との恋愛劇場なんて見たくない。

ため息をつきそうなのを堪《こら》えているとき、視線を感じた方を見ると、近くでソフィアが見ていた。

何かを訴えるようにじっと見つめており、考えが透けているように見える。

(何悩んでるの？　本当に甘いのよ、あんた)

そうとでも言いたげな目だったが、否定できない。

毒舌《どくぜつ》が出たりするし、基本的になんでもかんでも面倒くさがる性格だが、他人が困ってしまうとなれば、なんだかんだ言いつつも、結局自分の志《こころざし》を折ってしまう。

そんな風に、自分をあと回しにして、他の子を助けたりとかする傾向にあるので、男女関係なく、私と関わった存在の九割は、私に惚《ほ》れてしまうと、明莉《あかり》に言われたことがある。

明莉《あかり》自身は恋愛感情などは持ってないが、周りが麗香に惚《ほ》れているのを何度も見ている、と。

そんな自分の性分《しょうぶん》は、多少なりとも自覚しているが、恋愛感情には、とことん鈍《にぶ》いのが悲しいところだ。

周りの視線を、自分が畏怖《いふ》されているからだと斜め上に解釈してしまうくらいには。

それは、乙女ゲームを勧められたのに、やってあげなかったことにも現れている。

少しは恋愛というものを理解してほしいと思って、明莉《あかり》は自分に渡してくれたのだが、その思いは届かず、くだらない恋愛ごっこをやりたいとは思わないわと返してしまった。

明莉《あかり》はなんとも言えない表情で、睨《にら》まれるように見られたが、本当に私は恋愛には興味がないということに気づいたのか、特に何も言われなかった。

その代わりと言ってはなんだが、明莉《あかり》がプレイしているところを隣で見せられた。あくまでも、ルート分岐《ぶんき》までなのが、自分のことをよくわかっている。最後までやってしまったら、結末を知っているのにやる意味はあるの？　などと返した可能性がある。それを悟られていたのだろう。

やらない理由を与えないために、中途半端な情報とルートしか見せてもらえなかった。

「……カイン様が誘ってきてくれたら行くわよ。一人で入りたいとは思わないもの」

とりあえず、逃げ道らしいのを用意しておく。それも、あまり逃げ道にはなっていないが。

だって、一人で行きたくないという理由だったら、いくらでも行く理由をつけさせることができる。

「一人が嫌なのでしたら、ご友人と一緒に行けばよろしいのですわ！　わたくしも、友人と一緒に行くつもりでしてよ」

予想通り、彼女はそんな風に返してきた。もうため息をつくしかない。

「……わかったわ。でも、向こうが誘ってきたらの話よ」

私がそう言うと、ソフィアのいた場所から、深いため息が聞こえた気がしたが、気にしていられなかった。

私は、早々にパーティーを了承《りょうしょう》したことを後悔していた。

あのときもう、行くというのを言わなければ引きそうになかった女子生徒たちに負けて、誘われたら行くと言質《げんち》を与えてしまった。

そうなると、ドレスなどを考えないといけなくなる。

そして、それが現実になった。

「君をエスコートさせてもらってもいいだろうか」

授業の終わりに呼ばれたと思ったら、本当にカインに誘われた。

名誉のためかなぁと思っていたが、誘われたら受けるつもりではいたので、受けることにした。

「わかりました」

私は、全部諦《あきら》めて、おとなしくパーティーに参加することになった。

がんばって無視したり、避けたりしても、結局はこうなるんだなぁと感じてしまった出来事だった。

そんなわけで、パーティー当日。

マナが張り切って着付けしてくれたドレスを纏《まと》って、私は読書をしながらカインを待っている。

カインが迎えに来てくれると言ったら、なぜかこのドレスを勧めてきた。

しばらくすると、カインが迎えに来てくれる。

普段の学生服とは違って、騎士服に身を包んでいる。

「待たせたか？」

「いえ、本を読んでいたので全然」

むしろ、これから面白いシーンというところだったので、もうちょっと遅く来てほしかったと思ったくらいだ。

「行こうか」

「はい」

今から戦場になるかもしれない場所に向かうので、私は気を引き締めた。


私たちが会場入りすると、少しざわめきが走る。

関係が良くないと思っていた婚約者たちが仲良しこよしやっているからだろうか。

でも、入場してからとりあえず形ばかりのダンスを踊って、一人になっても、こそこそ言われているのは変わらない。カインはめちゃくちゃ囲まれてるけどね。

そのカインを囲んでいる中には、私にパーティーに出るようにしつこく言っていた女子の姿も確認できた。

一人になって、のんびりと会場に用意された料理に舌鼓《したつづみ》をうっていると、ソフィアが来た。

「結局は出席したのね。人が良すぎるのよ」

「そうかしら？」

ああいう女子が面倒くさいんだもの。無視し続けたら、ずっと雑音が流れると思うとさぁ。

「それよりも、なんでこそこそ言われてるのかしら？」

「……あなたのドレスが濃いめの青と銀だからでしょ」

私は、自分のドレスを確認してみる。でも、そんなおかしな色合いでもないはずだ。

「それがどうかしたの？」

私がそう聞くと、ソフィアは信じられないといったような顔をする。

「あなた、どれだけ興味がないのよ！　それって、カイン様の髪と瞳の色でしょうが！　それにカイン様もあなたの瞳の色である青を基調にしてるじゃない。おしどり夫婦にしか見えないわよ!?」

「あぁ、なるほどね」

視線やひそひそ話はそういう意味だったのか。

確かに、仲が悪いはずの婚約者たちがお互いの色を身に付けてたら衝撃だよな。

そう思いながら、他の料理をいただいていると、何人かの女性が近づいてくる。

……悪意を感じるな。悪口でも言いに来たか。

「あら、卑《いや》しく料理ばかりを食べていると思ったら、ベルテルク公爵令嬢じゃありませんの」

「カイン様とはもう踊らないのですか？」

あぁーうざいうざい。

「ねぇ、ソフィア。何かいる？」

「そうですね……じゃあ、あのローストビーフをもらいましょうか」

「そうね」

すぐに合わせてくれたソフィアに感謝しつつ、私はその場を離れる。

無視されたからか、なんか悔しそうな声が聞こえてきた。

「あなたはさぁ、ああいうのには無視できるのに、なんで男は無視できないのかしらね」

「そうなのよね……なんでかしら？」

私がそう言うと、もう何度目かわからない呆《あき》れたような視線を向けられる。

そして、思いきりため息をつかれた。

「あなたはそのままでいいと思うわよ」

そう言って、どこかに行ってしまった。その意味がわからず、私は首をかしげた。


私が悪口令嬢から逃げて、他の食事を堪能《たんのう》しているとき。

向こうから、誰かが歩いてくる。あれは……モニカちゃんだ。

「リリアン様～！　パーティーに来るなら声をかけてくださいよ！」

「ごめんごめん……って、じゃあ、なんでここにいるのがわかったのよ」

「メイアさんに教えてもらいました！」

……もしかして、私の部屋に来たの？　それなら、申し訳ない。無駄足を運ばせたことになるから。

仲間外れみたいになるものね。怒るのも無理ないか。

「あれ？　ソフィアさんはいらっしゃらないのですか？」

「ええ。今は別行動中よ」

よくわからないことを言って、どこかに行ってしまったのよね。『そのままでいい』って何よ。

私はありのままでいろということ？　でも、私が取り繕《つくろ》ったことなんて、一回もないと思うんだけど。嘘をついたこともないと思うわよ？　本当のことを言わなかったことはあったけど。

「そういえば、リリアン様。アリエル様ってご存じですか？」

「いや、知らないわね」

そんな名前は聞いたことがあるような気がするけど……

でも、リリアンの記憶にないなら、多分、麗香の記憶だよなぁ。

そう思いながら、記憶を探っていると、答えを見つけた……あっ、こいつは……ヒロインだ。乙女ゲームのヒロイン。ルーファスと会ったときに、声だけは聞いたから、声を聞けば一発でわかるだろうけど……いや、声しか聞いてないから、もしかしたら別の女子生徒かもしれなかったけどね。

「アリエルって子がどうかしたの？」

「なんか、私に馴《な》れ馴《な》れしく話しかけてくるんですよ」

まさかの、ヒロインの愚痴《ぐち》二回目。

そういえば、隠しキャラは、まずはモニカちゃんと親友にならなきゃ攻略できないんだっけ？

ここまで来ると、いよいよヒロインも転生者説が出てくるぞ。だって、ゲームだから攻略方法として、モニカちゃんと親友になる必要があるわけで、現実でそんな考えに行き着くとは思えない。

ということは、モニカちゃんと親友になれば、隠しキャラのアレクシウスと恋仲になれると知っているからとしか考えられない。

私の心が汚れているだけなのかもしれないけど。純粋に、ヒロインはモニカちゃんと友達になりたいのかもしれないけど。

「リリアン様。あっ、モニカさんもいたんですね」

「ソフィアさん」

もう堪能《たんのう》したのか、私を見つけてソフィアがやってきた。

ソフィアはモニカちゃんに気づいて声をかける。

「そういえば、ソフィアさんはアリエル様をご存じですか？」

「そりゃあ、向こうは貴族だけど、同じ特待生ですもの。知っていますよ」

あの乙女ゲーム好きの明莉《あかり》がその名前だけで気がつかないわけがないから、アリエルがヒロインだとは気づいているだろう。

ゲームの設定では、学園に通うための学費が足りなくて、特待生として入学したんだっけ？

「なんか、馴《な》れ馴《な》れしいんですよ。リリアン様の悪口的なことを言ったりするので、早々に切り上げましたけど」

「そうなのですか？　そんなイメージはありませんでしたけど……」

まぁ、ソフィアの中では、あのゲームのヒロインのイメージだろうからね。そう思うのも無理はない。もうここまで来ると、本当に転生者な気がする。それも、いわゆる電波系ってやつに思えるのよ。

電波系は、話が通じないし、手段を選ばないことも多いから、厄介《やっかい》でしかないだろう。

できれば会いたくないなぁ……


そろそろパーティーも終盤といったところ。

もう帰り始めている生徒たちもいる。

私たちもそろそろ帰ろうと会場の外に出た。寮へと帰る途中で、声をかけられる。

「モニカさん！」

モニカちゃんが。

「……なんですか？　アリエル様」

もう目が死んでいる。モニカちゃんが振り返ったので、私とソフィアも振り返る。

すると、そこにはゲームで何度も見たヒロインが立っていた。

なんで会いたくないと思った数時間後に会うんですかね？　ヒロインと悪役令嬢の運命なのだろうか。

「一緒にパーティーに行こうって約束したじゃないですか！　なんでリリアン様と一緒にいるんですか？」

「……それは、アリエル様が勝手におっしゃったことで、私は了承《りょうしょう》した覚えがありません」

一瞬、モニカちゃんが私と一緒に回りたいから、約束をすっぽかしたのかと思ったけど、どうやら一方的に取りつけられた約束事だったらしい。

自分の都合で約束を破るような子じゃなかったことに、私はほっと一安心する。

「お話がそれだけなら、私は失礼しますね。ソフィアさん、リリアン様、帰りましょう」

「そうですね」

モニカちゃんがすごい冷めた対応をしていることに驚きながらも、私はモニカちゃんの言う通りに、寮に戻った。

チラッと振り返ったら、なぜかヒロインが睨《にら》んでいるように見えた。

あれは、本当に電波系かもしれないな。

私は、さらなる面倒事に巻き込まれそうな気がして、心の中でため息をついた。


寮に戻ってから、何かと理由をつけて、ソフィアと二人きりになった。

それは、あのヒロインのことを話し合うため。モニカちゃんが寂しそうにしていたけど、こればかりは仕方ない。

「ねぇ、どう思う?」

「引っかかるのよ。ゲームのように行動できてないもの。あなたが悪役令嬢をやっていないからって、出会いイベントがないわけではないわ。あったとすれば、たとえ欠片《かけら》でも興味を示したりはするのよ」

「それはわかってるわ。私が悪役令嬢をやってないから、カインは難しいかもしれないけど、他は行けるわよね？」

この友人から、自分以外の悪役令嬢の存在を聞いたことがないので、おそらく他は存在していないのだろう。

そう思っての発言だったが、どうやら予想通りだったようだ。

「王子と、天才魔法使いは行けるわよ。王子ルートのライバル令嬢は健在だったし、天才魔法使いはそもそも婚約者もいないしね」

「でも、攻略対象の方からぐいぐい来る感じじゃなかった？」

乙女ゲームなので、出会いこそヒロインから関わることもあったが、せいぜいが友達付き合い程度。

誘いまくったり、嫉妬したりしたのは、攻略対象の方だったイメージだ。

「ええ。でも、ヒロインの方がぐいぐい行ってる感じなのよね。もし転生者なら、向こうがかまってくれるまで待とうとすると思うのだけど……」

そう。そこが気になる。ゲームのヒロインと同じには思えないけど、乙女ゲームを知っている転生者なら、少し行動が噛み合わない。

あんな攻略方法じゃ意味がないと思っているのか、性格が変わっているだけで、転生者ではないのか……

まぁ、どちらにしても、面倒くさい存在なのは変わらないが。

「まぁ、転生者であろうがなかろうが、あまり関わらないようにするのが一番よ」

「でも、モニカさんと一緒にいる限りは……」

「そうなのよね……」

今のところ、私には突っかかってきていないが、モニカちゃんは完全に被害にあっている。

私たちがモニカちゃんと交流していれば、嫌でもヒロインとは関わってしまうことになるだろう。

でも、だからといって、友達をやめますなどとは言えない。モニカちゃんに問題があるならともかく、ヒロインにしか問題がないし、こんな理由はさすがに自分勝手すぎる。

「まぁ、モニカさんは気にかけておきましょう。それか、あなたがストーリーに戻れば、ヒロインはカインの方に行くかもよ？」

「…………今さら戻っても意味なくない？」

一瞬、前向きに考えてみたが、学園に入ってから攻略対象を避け続けていたのだ。今さら悪役令嬢に戻っても、周りからおかしな目で見られるだけのような気がする。

「じゃあ、答えは一択ね」

「ええ」

ソフィアの意を決したような顔に、私はうなずいた。

「「徹底的に無視してやる！」」

二人の声が揃った瞬間である。

パーティーが終わったら、三日だけど学園はお休みになる。パーティーの後片づけがあるからだ。

私はのんびりと惰眠《だみん》をむさぼるつもりだったのだけど、それを許さない存在がいた。

「……せめて、顔はこちらに向けてくれないか？」

そう。この声の主の存在である。

私は、ベッドでゴロゴロしていた。別に、だらけているわけではない。トラブルホイホイのあんたは出歩くな！　と、明莉《あかり》ことソフィアから言われたためである。

なので、一応着替えてはいるものの、一日中ベッドの上で過ごしていたら、この訪問者だ。

私は言われた通り寝返りをうって、その訪問者の方に向き直る。

「何の用ですか？　カイン様」

たずねてきたのは、カイン。

今回ばかりは、何の用なのか全然わからない。

「君に大事な話があって来た」

「何の話ですか？」

大事と言っておきながら、大したことはないだろうと自分勝手に思いながら、聞き返す。

「君との婚約についてだ」

想像の十倍は重要な話だったわ。

さすがに寝ながらそんな話を聞いているわけにもいかずに、私はベッドから起き上がって、カインの向かい側に座った。そして、私はカインにたずねる。

「婚約がなんなのでしょうか？」

「仮婚約制度は知っているか？」

仮婚約制度？　と思いながら、首をかしげると、知らないと思ってくれたようで、説明してくれる。

「この国では、スタンピードのように、いつ危険があるかわからない。私は、そういう場には呼ばれやすい。だからこそ、君との婚約を仮婚約にしたい。仮婚約となれば、婚約関係には当たるが、あくまでも私に優先権があるだけだ。普通の婚約よりも、君は自由を得ることになる」

そんな制度があったのか。でも、悪くはないかも。必要以上に気を遣ったりする必要はないものの、何かあれば婚約者としても通る。

でも、大事なのはこれだ。

「それって、もし何かしらの理由で婚約が解消になったら……」

「その場合は、お互いに傷は負わない。婚約の続行が不可能になってしまった場合の保険の制度だからな」

確かに婚約は、解消の方がまだましではあるものの、傷を負うことは変わらない。

もし解消となっても、絶対に傷を負ったりすることがないのならば、それはありがたい。

貴族は、戦となれば、民を守るために動かなければならない。

義務と権利は比例する。権利が多ければ、義務も多くなるのだ。

富を持つのが権利だとすれば、力なき民を守るのが義務。

……まぁ、中にはそんな義務を果たさない貴族もいるだろうけどね。

そして、ここは中世のような世界観のようなので、隣国との戦争みたいなのもあるのだろう。そうなると、戦うのは貴族だ。

もちろん、平民の男性も召集されたりはするが、あくまでも保険のようなもので、戦うのは貴族や騎士だ。

そんな義務が当たり前な貴族なので、命の危機とは隣り合わせ。

だからこそ、こういう制度があるのか。

確かに、どうしようもない状況での婚約解消になってしまうわけだから、こういう制度があるのはいいかもしれないな。

「わかりました。父には私からお話しすれば？」

「いや、私がやっておこう。私のわがままでこうしてしまうのだからな」

いや、私からすれば万々歳なんだけど。

メリットしかないんだけど。

カインは、私が自分を嫌っていると思っているだろうから、わがままというのはおかしくないか？　そうは思ったけど、まぁいいかと思って、出ていくカインを見ながら、私は紅茶を一口飲んだ。

第五章　壊された平和

あの話し合い？　報告？　の数日後に、お父様から私たちとの婚約が仮婚約になったことが伝えられた。もちろん、手紙で。そして、所用で領地にいったん戻ることになったそうだ。その所用までは書いてくれなかったけど。

パーティーが終わったら、約一カ月で長期休暇に入る。

そんな私の元に、ソフィアとモニカちゃんが遊びにくる。

休みの日には、三人で集まってお茶をするのが習慣化してしまった。

「リリアン様〜！　またあの人が〜！」

そして、モニカちゃんは相変わらずヒロインの愚痴《ぐち》を言っている。

どうやら、またヒロインにちょっかいをかけられたらしい。

もう、アリエル様じゃなくて、あの人と言ってしまっている。

「私もなんとかしているのですが、話が通じないんですよ」

ソフィアは、はぁとため息をついている。モニカちゃんがいるので、私には敬語を使っている。

明莉《あかり》がダメなら、私はもっとダメだろう。明莉《あかり》は、話術だけは負けがほとんどない。口で勝てる存在は皆無に等しいのだ。

でも、それは相手が話の内容を理解して、ちゃんと会話ができたらの話だ。それもできなければ、いくら話術に長《た》けていても意味がない。

これが、かれこれ一週間くらいは続いているのだ。

ちなみに、どうやらヒロインは兄にも接近しているようで、遠目に見ると、兄がため息をついていることが多くなった。

カインは……話してはいないけど、あのときに愚痴《ぐち》を言っていたのだから、ヒロインに纏《まと》わりつかれているのだろうな。

やっぱり、ストーリーを無視して正解だった。

あんなヒロインと関わっていたら、頭痛薬と胃腸薬が必要になる気がする。

ヒロインを無視することにはしたものの、向こうが突撃にも近い勢いで関わってきたら意味がないのだ。本気で、頭痛薬も調合しようかと考え始めているくらいには、ヒロインの対処が難しくなっている。

「それで、あの人もなんですけど、期末考査があるじゃないですか～！」

そう。私たちだけじゃなくて、学生全体の問題である、期末考査。いわゆるテストがある。中間考査は、完全な実技だったので、何の問題もなかったが、期末考査は筆記だ。

そして、モニカちゃんはあまり賢くないので、期末がピンチになっているらしい。

ここにいる全員が実技は乗りきっているが、期末では、成績のそぐわない生徒は長期休暇返上で補習だ。

「ちゃんと勉強していれば大丈夫ですよ」

「それができたら苦労はしませんよ！　天才にはわからないんです！」

私は、それにうんうんとうなずく。

彼女は、完璧な天才少女で、体育などの実技はあまり得意ではなかったが、国語、数学、理科、社会、英語の五教科で九十五点以上を毎回叩き出す猛者であり、それぞれの五教科、総合の学年一位を総なめしている（前世の話だけど）。

そんな天才に、ちゃんと勉強していれば～なんて言われたくないのは当然だろう。

「なんでリリアン様まで同意するんですか！」

「ソフィアさんには凡人たちの苦労はわからないんですよ！」

おーい？　さらっと、凡人に私も入ってない？

いや、否定はしないけど。しないけど、さすがに失礼じゃないか？

「それなら、私が徹底的に教えてあげますよ！　覚悟なさってください！」

ちょっとちょっとちょっと⁉　やめてやめてやめて‼

あんたの指導はスパルタなんだよ！　あんた、裏では勉学の鬼なんて呼ばれてたからな？

凡人は凡人のペースでやらせろよ！　天才は引っ込んでろ！

「わかりました！　やってやろうじゃないですか！」

なんで、決闘でも始まりそうな雰囲気になってるの⁉　勉強を教えてもらうだけだよね？

というか、モニカちゃん？　売り言葉に買い言葉の精神はやめろ。ただのアホなんだよ、そんな精神は。

まぁ、モニカちゃんが受けたいというのなら、好きにすればいいと思う。

私は、とりあえず教科書を見直して——っと鞄が置いてある場所に向かおうとすると、肩に手を置かれる。

「リリアン様？　あなたもですよ？　あなたも平均点の教科があるんですから、中の上くらいにはして差し上げます♪」

なぜそれを知ってる？　怖いよ。

「いやよ。あんたみたいな、人をいじめるのが趣味ですみたいな人情の欠片《かけら》もないドS女に勉強なんか教わりたくないもの」

そう言って、私はソフィアの手を振り払う。

「……リリアン様？　さすがに失礼じゃありませんか？　あなたがバカだから教えようとしているのに」

「人のことをトラブルホイホイなんて言うあなたよりはまだましだと思うわよ？　頭だけは良いソフィアさん？」

完全に、この場には吹雪が吹き荒れている。いつものことだけどね。

ちょっと言い争いになると、お互いに毒舌《どくぜつ》を掛け合うようになる。

お互いに冗談のようなものと認識しているので、傷つくことはないけど。

そのまま、モニカちゃんに「怖いのでやめてください」と言われるまで、吹雪が吹き荒れていた。

さて、ソフィアによるスパルタテスト勉強が始まった……らしい。

らしいというのは、私は全力で逃げているから。勉強が絡まなかったら、基本的には優しい子なんだけどね。それが絡むと、鬼になってしまう。

だからこそ、彼女にだけは勉強を教わろうとしてはいけないし、彼女の前で勉強の話をしてはいけない。第一の被害者が私だ。勉強できて良いよね～と何気なく言ったら、一週間生徒会室に缶詰めにされて勉強になったから。

いやー、すごいんだよなぁ。モニカちゃんの愚痴《ぐち》が、ヒロインからソフィアに変わりそうだ。

そう思っていたら、本当にモニカちゃんが来た。心なしどころか、完全にやつれている。

「リリアンしゃまぁ……ソフィアしゃんをなんとかしてくだしゃい……」

もう滑舌《かつぜつ》も回ってない。

うん。こうなるだろうなとは思ってたわ。だって、私が今のモニカちゃんのようになったんだもの。巻き込まれたくない生徒会役員たちは、何も見なかったふりをしていたからね！　腹立つ。

「残念だけど、彼女は一度決めたらきかないし、逃げても地の果てまで追ってくるわよ」

「その通り」

いつの間にか、もう般若《はんにゃ》を具現化したといってもおかしくないような形相《ぎょうそう》で、ソフィアが立っている。

その通りと言った声も、いつもよりも低く感じる。

「ぴぃっ！」

モニカちゃんは、まるでヒヨコみたいな悲鳴をあげた。

「あなたの行くところなんてわかりきっているんですよ。逃げきれるとでも？」

さて、ソフィアがモニカちゃんの方に意識がいっている間に、私はお散歩にでも出かけようかな～……っと思っていたら、デジャブのように、肩に手を置かれる。

手を置かれた瞬間、私は石像のように固まってしまう。

「リリアン様もです。今日は逃がしませんよ？」

……おかしいな。今は夏のはずなのに、すごく寒く感じる。後ろに扇風機とかエアコンはなかったはずなんだが。

よし。こういうときこそ、お天道《てんとう》様に照らされて暖まるべきだ。後ろの寒気なんか知らない。無視無視。お出かけお出かけ……と動こうとしても、きっちりと掴《つか》まれている。もう骨が折れるんじゃないのというくらいの強さで。

ソフィアさん。痛いんだけど？

私は、いったん深呼吸して、ソフィアの手を振り払うと、走って部屋を出た。

「……逃がさないって言ってるでしょう？」

そんな声が寒気とともに近づいてくる。あれはもうヤンデレだろ！　捕まったら殺されるやつじゃん！　本当に、そんな感じなんだよ！　今のソフィアは！

そのまま、私はとりあえず寮のエントランスに走っていった。

「逃がさない」

そんな声が、後ろから聞こえた気がした。

＊　＊　＊

数十分後、私は、部屋に戻って、モニカちゃんの方に近づいていく。

「モ～ニ～カ～さ～ん？」

今の私は、モニカちゃんを追ってきたソフィアと同じ顔をしているだろう。

「リ、リリアン様？　……ど、どうされたのですか？」

「あなたが見捨てるから死にかけたじゃないの！」

あのソフィアはマジでヤバかったわ！

エントランスから外に出たときに、穴に落っこちたのは驚いたけど、メイアの影魔法で助けてくれたと理解してからは、感謝でいっぱいだったんだから。

メイアがいなかったら捕まって、精神的に死んでいたと思う。

あんな思いは前世だけで充分だ！

「リリアン様こそ今まで無視してましたし、さっきも見捨てようとしたじゃないですか！」

「いや、あなたが『やってやろうじゃないですか！』って引き受けたんじゃないの」

別に、モニカちゃんが無理やりやらされたとかなら、見捨てたりはしなかった。そこまで人でなしではないつもりだ。

でも、モニカちゃんが引き受けると言ったのだから、ソフィアが鬼になったからといって、止めようとは思わない。自分の言葉には最後まで責任を持ってほしい。

……決して、止めようとしたら巻き込まれそうだからやりたくなかったとか、そんなわけじゃないからね？

「そうですよ。引き受けたからには、最後までやりとげてもらいませんと」

後ろから、ものすごく聞き覚えのある声が聞こえる。

……まさか、もう追いついてきたの？　見られてたとか？

いや、でも、見られていたとしても、私がどこに移動したのかなんてわからないはずだ。

それなら、どこに行ったのか予想して引き返してきたのか？

うん、気のせいだ。はたまた悪夢だ。

あんなすぐにここまで駆けつけてこられるわけが……うん。現実逃避はやめよう。

「モニカさん。リリアン様。逃げるのは良くありませんよ？」

「いや、私はやるなんて言ってないわよ！　断ったじゃない！」

ほのめかすとかではなくて、はっきりと伝えた。本気で嫌だったので、取り繕《つくろ》いとかもできずに。

私がまたはっきりと断ると、ソフィアは黒い笑みを浮かべる。

あぁ……こりゃ逃がしてくれそうにはないなぁ……

「その場に居合わせた時点で強制参加に決まっているでしょう？　大丈夫ですよ。いつものように優しく教えてあげますから」

お前は女王かなんかか！　人の人権を度外視するような発言をしてんじゃないよ！

それに、あんたの優しくは一番信用できない言葉なんだよ！　あんたのその黒い笑みがそれが嘘であることをすべて物語っている。

よし、もう一回なんとかして逃げて……と思っていると、モニカちゃんが私の腕を掴《つか》んでくる。

「リリアン様、今度は逃がしません。こうなったら道連れです！」

道連れにするなー!!　あの友人だけは相手をしたくないんだ！　無視させてくれ！　あれの相手をしてしまえば死んでしまう！

「ご安心を、リリアン様。しっかりと優しくお教えしますので。せっかくですから、続きはここでやりましょうか。教材を持ってきますね」

最後までニコニコしながら、ソフィアは部屋を出た。

「……今のうちに逃げられませんかね……」

「……遺言書の用意ができてるならやればいいと思うわよ」

あんなやつからまた逃亡しようものなら、本当に殺される。

モニカちゃんはそこまでの用意はできてなかったみたいで「じゃあいいです」と首を振っている。

はぁ……生まれ変わっても、あのスパルタの餌食《えじき》になるのは変わらないのか……

そんなわけで、ソフィアのスパルタ教室が始まった。

「――は、こうなるわけですから……」

「なるほど！」

モニカちゃんはやっと納得できたようで、安堵《あんど》のため息をついている。

今のところ、まだそこまでのスパルタは出ていない。

私は前世の知識があるからだけど、モニカちゃんの理解力も充分に高いからだろう。

まぁ、間違えたら結構ヤバイから、私は気をつけているわけだけど……

「リリアン様！　さっきから手が止まってますよ！　終わったんなら次はこっちです！　リリアン様は歴史があまり得意ではないでしょう！」

なんで私の苦手科目知ってるのよ。

……いや、同じクラスだからなんとなくわかるのか。

この学校では小テスト的なものはないけど、歴史はいつも授業の最後に教師が振り返りとしてテスト的なものがある。

テストと違って、カンニング禁止とかそういうのはない。

わからなかったら教科書を見ても全然いい。

ここの歴史は複雑すぎて、私はよく教科書を見直していた覚えがある。

わからないというのは、それでなんとなく気づかれていたのかもしれないな。

だからといって、話していないはずのことを知っているのはまあまあ怖いけど。

「ねぇ、もう二時間ぶっ通しだから、いい加減休憩を挟みましょうよ」

「わかりました。では一分ほど休憩しますか」

それは休憩と言えるのか⁉　一分なんて軽く一息ついたら終わるくらいの時間じゃないか！

「せ、せめて五分くらい……」

本当は十分は欲しいけど、この鬼が許可するはずがない。

私が妥協案を出すと、ソフィアはわざとらしくはぁ、とため息をつく。

「そんなに間を挟めば覚えられるものも覚えられなくなるのよ‼　一分はやるって言ってるじゃないの！　ぐだぐだ言わずに休むかやるのか決めなさい！」

ついに鬼が出た。私が公爵令嬢というのも忘れているのか、ため口で本性が出ている。

「じゃあ休みます」

「それじゃあ、一分間休憩しててください。その間に次の教科書の用意とその教科書に軽く目を通しておいてくださいね」

もうそれは休憩とは言えないよね？　勉強だよね？

「あ、あの～……私も休みたいなぁ、な～んて……」

「モニカさんはぜんっぜん基礎が身についてないからダメに決まってるでしょ！　休憩なんて贅沢《ぜいたく》を言う暇《ひま》があるならさっさと問題を解いてなさい！」

モニカちゃんは休憩すら許されてない！

学力は上がるんだろうけど、精神的な面から考えると、やっぱりこの鬼のスパルタは受けない方がいいんだろうな……

＊　＊　＊

なんやかんやで、私もスパルタ教育に巻き込まれてから一週間。

脱走を試みてはいるものの、あの鬼化しているソフィアから逃げきれるわけもなく、すぐに捕まって連行される。そんなことをずっと繰り返している。

そして、テストまで残り三日。

この学園では、テスト期間として、テストが始まる数日前から授業がなくなり、テスト勉強をしろという期間がある。

そうなると、必然とスパルタ教育の時間も増えるわけで、私はドロドロに溶けていた。

「……メイア。あのご主人様に何があったんですか？」

「心を読んでみたらわかるでしょ？」

「あんな状態のご主人様の心なんて読みたくないし、読んでも、死にたいとか疲れたとかしかわからないんですよ」

部屋にいるメイアとアイリスの会話が遠くに聞こえる。

本当に死にたいし、疲れた。

あの人、二時間の勉強で五分しか休憩くれないんだよ？

日本だったらクレームどころじゃないでしょ。

「ソフィアさんのスパルタでああなったそうよ」

「あぁ、ロリデビルみたいなものですね」

レアもこんなことをしてんの？　それなら、隊員に嫌われても仕方ないかもしれないわね。

そういえば、遊びに行くって言ってから、一週間以上姿を見てないけど、今は何をしてるのかな。

レアがこんなにも長い間離れることなんてなかったから、ちょっと気になる。

心を読んでいるであろうアイリスが何も言わないってことは、知らないか、私には教えないように口止めされているかのどちらかだろう。

「あのロリデビルのことが気になるんですか？」

「だって、今までに会った白梟《しろふくろう》の中で一番謎が多いもの」

なんで見た目があんなに幼いのか、暗殺者に狙《ねら》われてたっていうけど、なんでそんな目にあっていたのか、なんで希少魔法のことを話さないのか。

「見た目が幼いのは、見た目だけ年をとってないからで――」

そこまで言うと、なぜかメイアが慌てて口を塞《ふさ》ぐ。そして、何かこそこそと話している。

「それは、隊長からご主人様には言わないでくれって頼まれてたじゃないの」

「私があんなやつの言うことに従う義理はありませんし。ここにいないんですから、どうせばれませんよ」

さっきから何の話をしているんだ？　本当に声が小さくて聞こえない。

「ねぇ、何の話をしてるのよ」

「ロリデビルの話です。どうせ言ってもあいつは気づかないという話をしてました」

それなら、なんで私には聞かせてくれないの？　レアの事情を知らない人がいるならまだしも、私は別によくない？　私は存在を知ってるどころか、会って会話もしているんだし。

というか、あなた、以前にばれたら殺されるからとか言って、話そうとしなかったわよね？

「それは、やつが近くにいるからです。どこか遠くにいるのなら関係ありません」

遠くに行っているのか。確かにそれなら、自分のことを話されたという情報がレアに入るよりも先に、どこかに逃げてしまいそうだ。

「それじゃあ、あの子の希少魔法ってなんなのよ？　本人に聞いても、全然教えてくれないもの」

「あぁ、あのロリデビルは、精神魔法を使いますよ」

「精神魔法？」

なんか、聞いたことがあるような気がするけど。

「相手の精神を操って、眠らせたり、傀儡《かいらい》にしたり、記憶を消したり、性格を変えたりもできるそうです」

こっわ。二人が恐れている理由がわかった。それなら、触れられたくないと思うのは当然だ。

眠らせて、傀儡《かいらい》にして、記憶消して、性格を変えるか……

うん？　なんか、そんな感じなのをどこかで見たような……あっ。あの教師！　まるで別人のように性格が変わってたのって、もしかして……！

「あぁ、あのロリデビルがやったんでしょうね」

やっぱり!?　どうりで、教師の話をしたときに、心当たりがあるような発言をしていたわけだ。自分があんな風に変えたのだから。そういえば、カインの実家でも何かやってたよね？　なら対象は、カインの母親だろうか？

……なんか、だんだんレアのことが怖くなってきたな……。まぁ、でも、今までは知らないけど、今のレアは精神魔法でそこまでひどいことをしているわけではないと思う。

やられた側からすれば、ひどいことなのだろうが、別に悪人を善人に変えているんだから、むしろ、いいことではないだろうか。

だからといって、レアの行いが正しいかと言われれば、答えはノーだけどね。

今ごろ、レアは何をしているんだろう。また、誰かの性格改善しているのかと考えると、少しだけゾッとするな。

そう思いながら、ソフィアがここに突撃してくるまで、つかの間の休息を楽しんだ。

そんなわけで、テスト当日。

やけにソフィアが張り切っているけど、今までのスパルタのせいで、私とモニカちゃんはもう燃え尽きている。

テストやる前に燃え尽きてどうするんだと言われそうだけど、仕方なくない？　あんなスパルタを受けて、通常の状態は保てないわ。

「ほら！　自信を持ってください。平均点はとれますよ！」

あれで平均点がとれなかったら、悲しくて灰になるわ。何のためにあんなスパルタを受けたんだって話になる。でも、悲しいのが、こいつは厳しいけど、教え方はわかりやすいんだよ。

ちなみに、今はテスト会場に向かっている。

とは言っても、いつもの教室じゃないだけで、向かっている場所はほとんど同じだ。

そこは、監視の魔道具がある、不正を防ぐために用意された部屋だ。

成績によっては、生徒会に入れるため、それは社交界でのステータスにもなるので、不正をしてでも良い点をとろうとする貴族がいる。

だからこそ、会場は不正防止がてんこ盛りだ。教科書の持ち込みすら厳禁。持っていけるのは筆記用具だけで、それ以外にもどうしても持っていきたいものがあれば、事前に申請しなければならない。

私は、お守りとして、モニカちゃんと知り合ったばかりのときに購入した、ブルーダイヤモンドのネックレスを申請している。

鑑定が得意な人がしっかりと調べて、不正は行えないことが判明したので許可された。ちなみにモニカちゃんは、そのブルーダイヤモンドと同時に購入したものを身につけている。

『リリアン様が買ってくださったので、一時も離したくないのです！』とのことらしい。

そんなわけで、三人で問題を出しあいながら会場に向かっていると、目の前に誰かが立ち塞《ふさ》がる。

……げっ。こいつは……

「アリエル様。何かご用でしょうか？」

モニカちゃんの目がすでに死んでいたのに、さらに死んだようになって、質問する。

どうせモニカちゃんに用があるんだろうし、先に会場に向かっていようかと思って、通りすぎようとすると、腕を掴《つか》まれる。

……………えっ？

私は驚いてしまって、しばらく思考が停止していた。

なんで私の腕を掴《つか》む？　お前が用があるのはモニカちゃんだろ？

「リリアン様！　私のモニカさんを独り占めしないでくださいよ！」

……………はぁ？　マジで、お前は何を言ってるの？

あれ？　理解できてないの私だけ？　今の発言だけで、ツッコミどころが満載なんだけど。

もう全部に触れるけどさ、まず……独り占めってなんだよ！

私はずっとソフィアと三人でいたわ！

それと、公爵令嬢に命令すんなよ！　身分差社会の意味を理解してないのか！

あと、モニカちゃんを物扱いしてんじゃねぇよ！　いつからモニカちゃんはお前の物になった!?

「「……………」」

ほら！　あんたが訳のわからんことを言うから、ソフィアとモニカちゃんもドン引きしてるじゃねぇか！　たった一言で三人をドン引きさせるなんて、ある意味才能だぞ？

私は二人に視線を送る。

すると、二人は小さくうなずいた。

私はヒロインの手を振り払って、会場に向かう。

ソフィアとモニカちゃんも、私のあとに続く。

「ちょっと！　無視しないでください！」

「………」

お前こそ無視しないとダメだわ！　会話が成り立たないだろ絶対！

ソフィアが頭を抱える理由がわかったわ。あれは、人間の形をした宇宙人か何かだ。

「一応聞くけど、あの子とは友達なの？」

私がそう聞くと、モニカちゃんは首をブンブンと振る。

「あり得ませんよ！」

そりゃそうだよね。あんな宇宙人と友達になりたい存在なんていないわ。

そのあとも、何やらわめいていたけど、私たちはそのまま無視して、会場に向かった。


テストが終わってほっと一安心していると、またヒロインに待ち伏せされていた。

「リリアン様！　私はあなたに話があるんです！　逃がしませんから！」

人の目も気にせずに、公爵令嬢に男爵令嬢がそんなことを言っているので、周りもひそひそしている。

いくら学園内とはいえ、公爵令嬢にその言い方はアウトなんだけど。話があるなら、事前にお伺《うかが》いするのが礼儀なのに。

もうヒロインというのもおこがましいから、宇宙人にするか。宇宙人にも失礼かもしれないけど。

私たちは見なかったことにして、そのまま寮の方に向かう。

「ソフィア。今回のテストはどうなの？」

「それなりに手応えはあったと思います。一、二問くらいは間違えているかもしれませんが」

ソフィアのそんな余裕そうな態度に、モニカちゃんが驚きの声をあげる。

「一、二問しかないんですか⁉」

それはわかる。私も、前世にあった数学とかは全然手応えがあったけど、歴史とかは十問くらいは勘だからね。

「無視しないでくださいよ！」

後ろから、そんな声が聞こえた。

やだよ。だって、あんたと会話するのは絶対に疲れるもの。

あんな頭おかしい発言をしておいて、会話ができるとはまったく思えない。

別に差別とかではないけど、言葉の通じない外国人に進んで声をかけたい人って、そんなにいないと思うのよ。そりゃあ、中にはいると思うけど、私はそれには入らない。

「ねぇ、なんかコバエがうるさくない？」

「ええ。ちょっと駆除してもらうように申請してみましょうか。煩《わずら》わしいですしね」

「誰がコバエですか！　待ってくださいって言ってるじゃないですか！」

いや、待てとは言ってなかったでしょ。無視するなとは言っていたような気がするけど、自分の言葉くらい覚えておけよ宇宙人が。

「何よ、あんた」

「あんた!?　ひどくないですか!?　私は、あなたとお話ししたいだけなのに……」

そう言って、少し悲しそうな表情を浮かべる。

涙くらい流せよ。演技がへったくそだな。

ソフィアも大根演技に呆《あき》れているのか、冷めた目で告げる。

「用があるなら手短にお願いします。五分経過するごとに料金が発生しますから」

「なんで話すのにお金がかかるんですか！」

「あなたの話なんて、利子《りし》がないと聞く価値がないからに決まってるじゃない」

私は、ソフィアの言葉を代弁《だいべん》するように答える。自分でもなかなかひどいことを言ってると思うけど、本当にそれくらいには関わりたくない。

私は、人間と関わりたいのだ。人間の皮を被った宇宙人の相手なんてしたくない。

ソフィアも同意を示すように、うんうんとうなずいている。

「うっ……うっ……ひどいです」

今度はちゃんと涙を流して泣き出した。

よし、帰ろう。

「話すことがないみたいだから、帰ろうか」

「そうですね。無駄な時間を過ごしてしまいましたから、急ぎ足で行きましょうか」

「せっかくなら、リリアン様のお部屋でアールグレイを飲みましょう♪」

「それじゃあ、マナに用意させるわね」

私たちは、泣き出した宇宙人を無視して、寮の私の部屋に向かった。


あの宇宙人との交流から、数日が経過して、テストの結果が出た。

結果は、以下の通り。ちなみに、一年生の総人数は、二百四十二名。

一位　ソフィア・リーヌ　５００
十五位　リリアン・ベルテルク　４２５
百位　モニカ・テンフェル　３１２

私とモニカちゃんの差がえぐい。

モニカちゃんは、私だけ三桁……と落ち込んでいた。

慰めようかと思ったけど、私の順位では、火に油を注ぐことになりかねないので、ただ見ているしかできなかった。

そして、ソフィアは当たり前のように一位。ちなみに、５００点満点中だ。

一問も間違いなしって、どんな頭をしていたらできるのだろう。

そして、私もスパルタ教育を受けたので、普通に上位の方に入っている。

全員が半分よりも上の順位なので、ソフィアのスパルタ教育は、ちゃんと成果が出たということだ。まぁ、歴史の問題は三問が当てずっぽうだったけどね。

ちなみに、身分によって、名前の表記が違うんだと。貴族のくっだらないプライドのせいでね。

ちなみに、ソフィアの下がこいつら。

二位　カイン・ホースト　４９５

三位　ドルー・レルクス・アルケフィア　４９２

攻略対象はなんで、なんでもかんでも完璧なんですかねぇ!?　魔法も完璧、身分も完璧、容姿も完璧、頭も完璧ってマジでなんだよ！　こういう天才が一番腹立つんだよ！

あっ、ドルーというのは、王子様なんだって。ソフィアから、攻略対象だと教えてもらった。

私は一回も会ったことないけどね。あっ、社交界デビューのときに挨拶回りで会ったか。

あのときのリリアンは、カイン大好きっ子だったから、あまりはっきりと記憶には残ってないけど……

なんとか、髪色と背丈はこんな感じだったかなぁぐらいだ。まぁ、前世の記憶が戻る前のリリアンが、別に身分の高い男ならなんでもいいみたいな尻軽《しりがる》じゃなかったのは、ほっとしている。

そして今は、のんびりとお茶を飲んでいる。

ソフィアは、燃え尽き症候群のような感じになっているので、部屋にはおらず、モニカちゃんは、ちょっとお家関係の用事があるそうで、実家に一時的に帰っている。もちろん、学園に外出許可をとってだ。やっと家族全員が揃ったのだから、邪魔《じゃま》してはいけないだろう。

それで、何かあったときに連絡がしやすいからという理由で、ルクトがモニカちゃんについていっている。護衛と監視役も兼任している。少なくとも長期休暇までは、こんな感じになるそうだ。

そして、ずっとお休みの日は三人で過ごしてきていたので、一人は寂しくなって、ある存在を呼んでいる。

「それで、主《あるじ》様の話し相手を？」

「ええ。レアもルクトも、メイアもなんでかいないし」

レアはまだお出かけ中なんだろうけど、メイアがいない理由はわからない。

マナに聞いてみたけど、今日は休暇をとっているらしい。

それで、お話しできそうなのは、第一部隊隊長のサリアしかいなかったというわけだ。

「理由知らない？」

「いえ。レアがしばらく離れるというのはメイアを通して聞いていますが、メイアがいない理由はわかりませんね……」

サリアがう～んと考えている。自分の部隊の隊長にも言わないで、マジでどこに行ったの？

内緒にしていたいことをやっているのだろうか。

「あの問題児たちならともかく、メイアは勝手に離れるような真似はしないはずなんですけどね……」

「問題児たち？」

サリアの言葉に疑問を持って、聞き返す。

「レアと同じくらいヤバイやつですね。緑鷺《りょくさぎ》に所属しているやつらで、実力はあるんですけど、身勝手な行動が多くて、白梟《しろふくろう》になっていないやつらです」

おいおい。なんか嫌な予感がするんだけど。レアの代わりに、その問題児がなんかやってきそうな予感がするんだけど。

あのレアでさえなれるのに、その子たちはなれないの？

というか、待って？　一人じゃないの？

「えっと……二人いるの？」

「双子ですからね」

双子の問題児……！　あぁ、嫌な予感がする！

近いうちに、そいつらと会いそうな予感がする！

「……そういえば、緑鷺《りょくさぎ》って何をやってるの？」

さらっと、聞いたことがない部隊があって、私は聞き返してみた。

青鷹《あおたか》は、情報収集専門。赤鷲《あかわし》は、荒事専門。それじゃあ、緑はなんなんだろう？

そんな思いで聞いてみると、サリアはお茶を一口飲んで答えてくれる。

「潜入捜査です。メイアがもともとは、緑鷺《りょくさぎ》に所属していましたので、詳しい話は彼女から聞いてみるとよろしいかと」

えっ？　そうなの？　というか、違う部隊に移動することってあるの？　いわゆる、異動ってやつ？　でもまぁエリートなら、引き抜きみたいなのもあるのかもしれないな。

緑鷺《りょくさぎ》の詳しい話は、メイアが戻ってきたときに聞くとして、私はこのおいしいお茶を堪能《たんのう》しながら、つかの間の休息を楽しむとしましょうか。

＊　＊　＊

メイアの謎の失踪？　と言っていいのかわからないけど、勝手な行動の謎は気になるけど、まずはこの平穏をたっぷりと味わわないとね。

なんか、転生してからいろいろな厄介事《やっかいごと》が多かったから。明莉《あかり》にトラブルホイホイなんて呼ばれるだけはあるってことか？

そして、そんなトラブルホイホイと呼ぶ友人は、目の前にいる。モニカちゃんと一緒に。

今日は休日なので、恒例のお茶会だ。モニカちゃんは、ここの紅茶が好きになってしまったようで、紅茶が出てくると、すぐに目を輝かせるようになった。

「そういえば、あのうちゅ……アリエルって子はどうなの？」

危うく宇宙人と言いそうになったけど、なんとか取り繕《つくろ》えた。

モニカちゃんは、少し不思議そうに答えた。

「最近は、あまり話しかけてこなくなったんですよね～。それどころが目が合うとどこかに行ってしまいます」

マジであの宇宙人の行動が読めない。てっきり、隠しキャラを攻略しようとして空回りしているようにしか見えなかったけど、そうではないのか？　ゲームのヒロインとあまりにも行動が違いすぎる。

転生者ではあるが、乙女ゲームのことを知らない説も考えたが、それだとモニカちゃんと接触しようとしている理由が説明できない。知らないと、モニカちゃんに接触しようとはしないだろう。

それなら、乙女ゲームのことを知っていることになるけど、それだと行動が噛み合わない。

なんなんだろうなぁ、本当に。宇宙人の行動は全然予想できないわ。

「そういえば、ソフィアさんは、生徒会に誘われていると聞きましたよ？」

宇宙人の話を続けたくなかったのか、わかりやすいくらいにモニカちゃんは話題を変える。

ソフィアも同じなのか、驚いたりせず、笑顔で答える。

「あぁ、学年一位だったからだと思いますよ」

そういえば、ゲームを見たときも、生徒会は成績上位者が入っていたな。

学年首席のソフィアが誘われないわけがないか。

でも、生徒会はそれぞれの三位までに入っている人が誘われるから、私とモニカちゃんは何の関係もないだろう。まぁ、助《すけ》っ人《と》を頼まれるかもしれないけど。

これが、俗に言うフラグだというのを、このときの私は知らなかった。

＊＊＊

リリアンがテスト明けのひとときを過ごしている一方で、アリエルは一人部屋にこもっていた。

「はぁ……」

アリエルは、部屋のベッドの上でため息をつく。

全然うまくいかない。ちゃんとやっているはずなのに。お母様が指示した通りに、動いたはずなのに。

お母様いわく、アリエルはここではひろいんと呼ばれる存在らしい。

ひろいんというのがなんなのかはよくわからないけど、素敵な男性と付き合えると知って、アリエルは大喜びしていた。

そして、今まで言われたように行動していた。そうすれば、素敵な男性と素敵な恋ができると信じていたから。そして、ちゃんと言われたように行動したら、それは現実になった。予知能力みたいに。

なんでわかるのと聞いたら、魔法と返ってきたので、お母様の魔法はとてもすごいものだと尊敬していた。

特待生として、この学園に入らないといけないと言われたから、勉強をがんばった。みんなと同じように遊んでみたかったけど、素敵な男性と付き合えるのなら、それも我慢できた。

何よりも、お母様が喜ぶから。お母様がそう言うから。お母様が喜ぶならやらないと。

こうかんどというのをあげないといけないけど、あがっているかどうかはわからない。

好きになってもらうためには、たくさんお話しすればいいのかと思って話しかけてたけど、こうりゃくたいしょうが話しかけてくれるのを待てと言われたけど、話しかけるのはやめた。

そして、モニカって子と友達になれと言われたのは、なぜかできなかった。

もちろん、友達になるために、がんばって話しかけたけど、なぜか自分を見向きもしない。

実家に帰るたびに怒られた。何度も叩かれた。なんでできないのと、何度も言われた。だから、焦っていた。モニカって子と友達にさえなればいいと思っていた。

そうしたら、余計に嫌われる結果になった。

それに、リリアン様も、聞いていたのとは、全然違う動きをする。

あくやくれいじょうと言われるだけはあって、口は悪かったけど、カイン様と一緒にいても、何か言われたりとか、呼び出されたりがなかった。そもそも、全然会わない。

それに、特待生になるのは自分だけと言っていたのに、ソフィアとかいう子がいる。その子は、とりまきみたいに、リリアン様と一緒に悪口を言ってきた。

「もうわかんないよ……」

ひっくとしゃくり声をあげてしまう。泣いたらダメなのに、涙が止まらない。

自分の何がいけなかったのか、何が悪かったのか、全然わからない。ただ、お母様の言う通りにしたただけなのに。

そのとき、ドアをノックする音が聞こえて、アリエルは慌てて涙を拭いて、入室を促した。

「どうぞ」

「ご実家からのお手紙です」

入ってきたのは侍女《じじょ》だった。無機質な声で用件を伝えて、アリエルに手紙を差し出してくる。

「差出人は？」

「奥様からです」

それを聞いて、アリエルは体をビクッと震わせる。

一呼吸置いてから、侍女《じじょ》の持ってきた手紙を受け取った。

「ありがとう」

「では、失礼いたしました。きちんとお読みくださいね」

冷たい目でそう言うと、バンと音を鳴らして、ドアを閉める。

アリエルは、再びベッドに戻って、深呼吸をした。

そして、近くの机に置いてあるペーパーナイフで封を開け、手紙を読んでみる。

「……やっぱり、怒ってるな。お母様。でも、リリアン様が全然違う動きをしてるんだもの。仕方ないじゃない」

自分は悪くない。お母様の言うようにやってきた。全部我慢して、お母様のマリオネットのように動いてきた。泣けと言われたら泣いたし、笑えと言われれば笑った。

お母様の言うことは正しいもの。お母様が間違っているわけがない。リリアン様が間違っている。自分と友達にならないモニカさんが間違っている。特待生として入学したソフィアさんが間違っている。自分と仲良くしてくれないこうりゃくたいしょうが間違ってる。

「次のいべんとは……長期休暇までないんだ……」

そう思うと、なぜかほっと一息をついてしまった。

その理由が、アリエルにはわからなかった。

＊＊＊

その一方で、学園の外に、ある男が立っていた。

「長期休暇前に、ある程度の準備は終えないとな」

フードを目深《まぶか》に被った男が、魔法学園の周囲をうろついている。

明らかに不審者だが、周りは気にも留めていない。

彼は、そのまま普通に学園の塀を乗り越える。そして、なるべく校舎の窓から見える位置は避けて移動している。ばれてもそこまで問題ではないが、ばれないことに越したことはない。

彼は歩きながら、地面にある物体を置いていく。

それは、一見《いっけん》ただの石ころにしか見えないようなもの。違和感があるとすれば、それは漆黒《しっこく》だということだ。それを、学園の様々な場所にばらまいていく。

学園の建物内に入れば見つかる可能性があるので、外にしかばらまけないが、学園全体に撒きおわった。

「さて、魔魂の主《あるじ》の実力を見てみるとしようか」

彼はそう言って笑いながらにその場から姿を消した。

＊　＊　＊

目の前に、山積みになっている書類。

そして、近くには完全にやつれているような人々。

そして、ロボットのようにずっと手が動いているお兄様とカイン。

なんでこんな光景が広がっているのかというと、今日の授業の終わりくらいまでさかのぼる。

私とソフィアは、モニカちゃんの教室に向かっている。

あっ、仮婚約になってから、カインの送り迎えはなくなったのよね。

なので、最近は三人で一緒に行動している。モニカちゃんだけは別クラスなので、途中で別れるけど。そして、教室に向かおうとすると、声をかけてくる存在がいる。

「ソフィア・リーヌさん」

「エリス先生」

声をかけてきたのは、エリス・カーライン先生。

私たちのクラスの担任で、カーライン子爵家当主の妹だ。それでも、子爵家は貴族の中でもそこまで身分は高くないので、どちらかといえば庶民《しょみん》肌の貴族だ。

身分差社会なので、エリス先生は私のような自分よりも身分が上の者には、様をつけて呼んでいる。

「生徒会の件は考えてくれましたか？」

「私には分不相応ですから」

いやいや。あんた、中学と高校は副会長だったからな？　分不相応どころか、経験者だろうが。

多分、面倒くさいからやりたくないって感じなんだろうな。よく私に仕事を押しつけてたし。

まぁ、私も押しつけてたからお互い様だけどね。

A『これやっといて』

B『じゃあ、あんたはこれやっといて』

これが生徒会室でよくあったやりとりだ。AとBは時と場合によって入れ替わる。

私がAのときもあれば、明莉《あかり》がAだったときもある。

それを、他の役員のみんなからは小競り合いと呼ばれていた。

「ですが、首席の方が生徒会役員にならないというのは……」

「どうしてもというのなら、リリアン様も一緒でかまいませんか？」

…………はぁ？

思わず、思考が停止してしまう。

いや、待って待って？　なんで私なんだよ！　私は十五位なんだよ！　あんたと二位、三位を抜いても、私より上は十人以上はいるんだよ！　なんでよりによって私なんだ！

「ええ。リリアン様も上位に入っておりますし、かまいませんよ」

そこはダメって言って、エリス先生！

「いや、私が納得してな――」

「それじゃあ、リリアン様と一緒に生徒会室に向かいますね！」

ソフィアが私の言葉を遮《さえぎ》って、ニコニコしながらエリス先生に話しかける。

「リリアン様。一緒にがんばりましょう！」

「いや、私は承知してないのよ」

なんで生徒会なんて面倒くさいことを、わざわざやりたくもないのにやらないといけないんだ。

生徒会のような忙しい仕事は、前世だけで充分なんだっての！

「もう、先生に言っちゃいましたし。拒否したいならエリス先生に直接言ってください」

「わかったわ」

それなら言ってやろうじゃないかと、私は教室に入っていったエリス先生を追おうとする。

すると、ソフィアに手を掴《つか》まれて止められた。

「ごめんって！　お願いだから一緒にやってよ！　この世界の生徒会は前世とは比べ物にならないくらいに忙しいんだもの！　画面越しにも伝わったくらいなんだから！」

それを聞いて、やってやろうじゃねぇかってなるのは社畜《しゃちく》だけだって！

なんで前世よりも辛いと知ってやろうと思うんだよ。

あと、人前で前世とか画面越しとか言わない方がいいよ。変な人に思われるわよ？

「お願い！　前世でのアップルパイ焼いてあげるから！」

そのままソフィアを引き離そうとした私の動きが、ピタリと止まる。

「……できるの？」

スーパーに行けばすぐに揃う現代日本と違って、この世界にそんな便利なものは存在しない。

それに、向こうは食文化が進んでいたが、ここにはない調味料などもあるかもしれない。

さらに、今の時代は砂糖は高価なものだ。ソフィアは平民だから、買えるとは思えない。

「あなたがついてきてくれれば、買えないものなんてないでしょ？」

私を金づるかなんかだと思ってない？

まぁ、身分的にも、金額的にも、私に買えないものなんてほとんどないだろうけど。

「お金はあなたが出してね」

念のために、保険をかけたけど、ソフィアは一瞬きょとんとしただけで、すぐに了承《りょうしょう》した。

「ええ、いいわよ。その代わり、砂糖を買うときは頼んだわ」

ここの国？　になるのだろうか。砂糖は貴族にしか売ってくれない。もちろん、貴族の使いなどが、それを証明できたら、売ってくれるけど。

貴族が、庶民《しょみん》が甘味を口に入れるなんて生意気と思っている節があるからだ。

私からすれば、そんなことを考えるお前らの方が生意気だって話だけど。

「それじゃあ、交渉成立ってことで！」

ソフィアは、ニコニコと笑いながら、私の手を引いた。

そんなわけで、私はお菓子で買収されたのだ。明莉《あかり》の作るお菓子はおいしいから、つい二つ返事で了承《りょうしょう》してしまった。チョロいと言われるかもしれないけど、本当においしいんだもの。

そして、生徒会の仕事は確かにちょっとハードではあるけど、内容は前世とあまり変わらない。

私はあくまでもお手伝いさんなので、書類整理くらいだ。

私は、書類整理しながら、机に突っ伏しているソフィアに声をかける。

「ソフィア。生きてる？」

「今のところは……」

もういつ死んでもおかしくない状態だ。まるで、ソフィアのスパルタを受けてきた私とモニカちゃんのようである。

そう考えると、少し溜飲《りゅういん》が下がる。

なんでこんなに忙しいんだって話だが、休み前は、なるべく仕事を片づけないといけないので、今の時期は忙しいというだけだ。

「ソフィアさん。辛かったら休憩しててもいいのですよ？」

「大丈夫です……シェリー殿下」

そうやって声をかけるのは、生徒会長のシェリー・レルクス・アルケフィア先輩。

ドルー王子のお姉さんである王女様だ。王女と言っても、身分で差別したりなどはせずに、気楽に接してくれる、親しみやすいお姫様という感じだ。

でも、その容姿は銀髪に緑眼という、天使みたいな容姿をしていて、少し近寄りがたい。

ソフィアいわく、王子ルートのサブキャラらしい。

「それなら、がんばりましょう。あと十枚で今日の分は終わりですので」

「本当……ですか!?」

一瞬ため口を使いそうになったくらいには、これは喜ばしいことらしい。

まぁ、この地獄から解放されるとなったら、喜ぶのは当然かもしれない。

「それじゃあ、早くやりきっちゃいましょう！　リリアン様が長く外にいたら、不幸を呼び寄せそうですし……」

おい。どういう意味だ。トラブルホイホイってことか？

「ソフィアさん。リリアン様にそのようなことを言うものではありませんよ。親しき仲にも礼儀ありと言いますからね」

「す、すみません……」

シェリー殿下は、優しい口調でソフィアに注意する。

子どもに言い聞かせるような言い方なので、ソフィアも素直に受け入れられる。

それにすごいのが、この王女様からは全然悪意を感じられない。

王妃のお腹の中に悪意を置いてきたのかと思うくらいに感じられない。

「リリアン様も、疲れたなら休息をとってもいいのですよ。お茶を用意させますわ」

私が男だったなら、この人には一瞬で惚《ほ》れてた自信があるわ。

容姿、性格、頭脳、財産。全部をとっても完璧なんだもの。こんなパーフェクトお嬢様なかなかいないと思うわよ。

私とソフィアは、そんな天使な王女様のお言葉に甘えて、休息をとっている。

ソフィアは大丈夫と言っていたが、倒れられる方が困るからと、休憩をさせてもらっている。

「きゃあああ!!」

お茶を飲んでいると、悲鳴が聞こえてきた。吹き出さずに飲み込んだ私を褒めてほしい。

その場にいた全員がそちらの方に意識を向けると、違う声も聞こえてくる。

「なんだなんだ!?」

「なんで学園内に!?」

「魔物だ！」

いろいろな声を聞く限りでは、どうやら学園内に魔物が出現したらしい。

私があわあわしていると、シェリー殿下が冷静に指示を出す。

「私たちが参りますわ。リリアン様とソフィアさんは、ここに待機していてくださいまし」

「は、はい！」

私がスタンピードに行ったことは、カインとクライスの二人は知っているだろうが、私の属性は戦闘向きではない。足手まといになるくらいなら、ここにいる方がいいのだろう。

でも、そんな事態に何もしないというのもな……

それなら、あいつらに丸投げするか？

「あの……寮に戻っても良いでしょうか？」

「……かまいませんわ。それなら、逃げ遅れている人がいれば、なるべく救出してもらいたいですわ」

シェリー殿下は少し悩んでいる素振りをしていたが、すぐに了承《りょうしょう》してくれた。

「わかりました。ソフィア、行こう」

「え、ええ……」

ここに来たときとは違い、今度は私がソフィアの手を引いて、生徒会室を出た。


ソフィアの手を引きつつ、自分の寮に向かう。

モニカちゃんが無事かどうか気になるけど、サリアが護衛としてついていたはずなので、多分、大丈夫だろう。あのときは、ルクトがモニカちゃんについていたから呼んだだけだしね。

とりあえずは彼らに知らせなければならない。

仮にも影なら、すでに騒ぎを知っているだろうけど。

ソフィアという部外者がいるから、おそらく人前には現れないだろう。レアならそんなの関係ねぇとばかりに現れたかもしれないけど。

「ガウッ！」

そんな獣の唸り声が聞こえて、そちらの方に視線を向ける。

すると、狼《おおかみ》のような姿をした獣がいる。狼《おおかみ》とは違って、額《ひたい》にも目がある。

私は、瞬時に魔物だと理解した。

本当に、魔物は妖怪みたいな見た目だな。

その狼《おおかみ》のような魔物と目が合ったとき、こちらに突進してきた。

ソフィアは怯《おび》えてしまっているので、私は、土魔法で土壌を操作して、瞬時に土壁を作った。

「ギャウ！」

壁にぶつかる鈍《にぶ》い音とともに、そんな声が聞こえて、私は土壁をなくす。すると、そこには気を失っている狼《おおかみ》もどきがいるだけだった。

私は、それに少し疑問を持つ。この土壁は、土の塊《かたまり》でしかない。

もちろん、魔力で固めてある以上は、普通の土よりも強度はあがっているが、いくら突進してきたからといって、気絶してしまうような強度ではない。気絶してしまうとしても、土壁も壊れるはずだ。普通なら、それくらいの強度。

それが、ひびすらも入らないで、魔物の方が気絶してしまった。これは、コンクリート以上の強度はあるということだ。

でも、そんなのがあり得るのだろうか？　普通の魔法よりも、強くなっていることなんて……

いや、これはあとで考えよう。今は、寮に戻って、彼らに指示を出すのが優先だ。そのついでに、人を見かけたら救出する。他の事に気をとられている暇《ひま》はない。

私がソフィアの手を引こうとすると、なぜかソフィアの体がピクリとも動かない。

どうしたのだろうと思っていると、絞り出すように話し出す。

「すごいわね、リリアン」

「何が？」

私が首をかしげて聞き返すと、ソフィア……明莉《あかり》は、クスッと笑っている。

「あんな狼《おおかみ》相手に、背を向けないでいられることよ。普通は無理だわ」

私たちが育ったのは日本。

野生の狼《おおかみ》なんていなかった。もちろん、こんな風に襲われたりもしなかった。

確かに、普通なら明莉《あかり》みたいにびびってしまうのだろう。

でも、私はなんとも思わない。もちろん、死にかけるようなことがあれば恐怖を感じるのだろうけど、あまり恐怖は感じない。

前世では、命の危機というのもちょくちょくあったせいかもしれない。

怖がっている暇《ひま》があるなら、少しでも生き残ろうとあがかなければ。一秒でも長ければ、助けが来る可能性が高くなる。いざとなれば、逃げればいい。逃げるのは、悪いことではないし。

「……ソフィア。あなたの魔法の属性って何？」

「火よ。でも、燃やすということができないわ。命を奪うのに、ためらいがあるもの」

そうだ。私の属性は、あまり残酷だと思うようなことはない。土で囲ってしまえば、相手が死ぬところなんて見えない。それに、水をいれて溺死《できし》させてしまえば、断末魔《だんまつま》のような声も聞こえない。

でも、ソフィアの火は、相手に直接つけなければ意味がないし、断末魔《だんまつま》もはっきりと聞こえる。

それなのに、日本人として生きてきた明莉《あかり》にそんなことはできないだろう。

当たり前のようにできている私がおかしいのだ。この世界に、染まっている私が。

「それなら安心しなさい。全部私がなんとかするから！」

私が胸を張ってそう言うと、ソフィアがボソッと呟《つぶや》く。

「……脳筋《のうきん》」

「なんですって!?」

今の私のどこが脳筋《のうきん》だったのよ！　あなたができないっていうから代わりにやろうとしているのに！　そんな風に言うことはないんじゃないか？

ちょっとモヤモヤしながらも、私は寮の部屋に向かった。

＊＊＊

とりあえず、寮に戻ってきた。あのあとは、魔物に遭遇《そうぐう》することはなかった。

私たちが帰ってきたのを見て、マナは涙を流す。

「お嬢様！　ご無事だったのですね！」

そう言って、私に抱きついてきた。

「ええ。寮には入ってきているの？」

「はい。入ってきていますが、アイリスさんが全部対処しています」

おい。どこが戦闘は業務外だ。全然できてるじゃないか。

やっぱり、こいつらに任せるのが一番いいかもしれない。お兄様は戦闘中だろうから、お父様にお手紙を……いや、書いたとしても、届くのに時間がかかりすぎるな。しかも、お父様は領地に帰っているのだ。助力は得られないと考えるべきだろう。

だったら、戦闘をするしかないだろうか。

それなら、まずはモニカちゃんの安全を確保しないと。

「…………」

ふとソフィアの方を見ると、何か考え込んでいる。

気になることでもあるのかと、私は聞いてみた。

「どうしたの？」

すると、私を手招きする。近づくとソフィアが耳打ちで教えてくれる。

「乙女ゲームではこんな展開はどのルートもなかったのよ。そもそも結界《けっかい》があるから、学園内に魔物は生まれないはずなのだけど……」

「確かに、それは気になってたのよね」

学園では、今は再現できない強固な結界《けっかい》で守られている。

モニカちゃんの黒輝石《こっきせき》のようなものでもないと、学園内に魔物を生み出すのはまず不可能だ。

それなら、誰かが黒輝石《こっきせき》か、それに近いものを持ち込んだことになる。でも、それこそ誰だという話だ。そもそも、外部の人間は簡単には中には入れない。
だからこそ、『青の月』もここには乗り込んでこないのだろう。だって、モニカちゃんになんかさせるくらいなら、自分たちが直接ここに忍び込む方が楽なはずだ。それをしないのは、結界《けっかい》を突破する方法がないから。内側から壊すしかない。

　やはり、どちらにしろ、モニカちゃんに聞いてみるしかない。

「ソフィア。あなたはここにいて。私はモニカさんを探してくるわ」

「危険ですよ！　行くなら私も……」

「あなたは、魔物を倒せないのでしょう？　それなら、足手まといになるだけだわ」

「……っ！」

　自覚はあるようで、それ以上は何も言わなかった。冷たいことを言っているのはわかっているけど、ソフィアを巻き込むわけにはいかない。

「お嬢様！　まさか外に出られるのですか!?」

「ええ。モニカさんがここにいないのなら、まだ逃げ遅れている可能性があるもの。私はスタンピードでの戦闘経験があるから大丈夫よ」

　あれは、そもそも戦いにすらなっていなかったけど。地形を利用して勝てただけのこと。

　それでも、この中だったら、私が一番可能性がある。それなら、行くしかない。

「それじゃあ、行ってくるわね」

「お嬢様……」

マナが止めたそうにしていたが、私はそれを無視して、モニカちゃんを探しに行った。

＊　＊　＊

リリアンは、学園内を走り回っている。もともとは貴族の令嬢として暮らしていた彼女は、あまり体力がないので、少し走るだけで息切れしてしまう。

「はぁ……はぁ……」

もう、学園の半分くらいは探しただろう。もしかしたら、すれ違っているのかもしれないが、とりあえずはすべての範囲を探さなければならない。

呼吸を整えて、歩き出そうとすると、何かが靴に当たる。

「何かしら？」

リリアンは、靴に当たったものを拾う。それは、黒い石ころのようなもの。でも、リリアンには、見覚えがあった。それは、以前にモニカが噴水に投げ入れようとしていた、黒輝石《こっきせき》。それの、欠片《かけら》のようだった。

今すぐ離さないと危ない。でも、それを理解して離したときには遅かった。黒輝石《こっきせき》の欠片《かけら》から、黒い煙が出てくる。

そして、目の前に巨大なゴーレムが現れる。だが、普通と違って、その胴体は青い。

（吸った魔力の属性に依存するって聞いたことあるけど、本当みたいね）

ゴーレムは土属性。青い体なのは、水属性である自分の魔力だろうと理解した。

ゴーレムは、自分を潰《つぶ》そうと腕を振り下ろしてくる。リリアンは、軌道を変えられないように、ギリギリで避ける。それでも制服は、決して動きやすいとはいえないので、気持ち的にもギリギリだ。

ゴーレムは、核を壊せば消滅する。黒輝石《こっきせき》で生み出された魔物が同じかどうかはわからないが、核を探してみるしかない。いくら青い体をしているといっても、元は土だ。スタンピードでやったように、土属性の魔力を通せば、中の異物の居場所がわかるだろう。土属性でダメだったとしても、水属性ならなんとかなるかもしれない。

リリアンは、地面に魔力を通す。ゴーレムの足は地面と接しているので、魔力を通せるだろう。

「ガルル……！」

獣の唸り声が聞こえて、リリアンはそちらの方に視線だけを向ける。

すると、先ほど遭遇《そうぐう》した狼《おおかみ》のような魔物が複数いた。

(なんでそっちから!?)

狼《おおかみ》のような魔物がやってきた方向は、先ほど自分が通ってきた場所。自分が通ってきたところの魔物は、全部退治したはずだ。それなのに、自分が来た方からやってきた。

残党が隠れてついてきたとでもいうのだろうか。あり得ないが、そう思ってしまうくらいには、信じられない光景だった。

さすがに、狼《おおかみ》の方も相手しながら、ゴーレムを倒すのは無理だ。

逃げるしかないが、彼らが自分という獲物を逃がしてくれるとは到底思えない。

もう怪我をするのを覚悟で逃げるしかないかと、覚悟を決めたとき、目の前に二つの影が現れる。

「メイメイは犬っころの方ね！」

「承知しました」

そんな声がリリアンの耳に届いたころには、ゴーレムは音をたてて崩壊し、狼《おおかみ》のような魔物も息絶《た》えていた。

「レアと……メイア？」

いつの間に戻ってきていたのだろう。それ以前に、なぜここがわかったのか。

いろいろと聞きたいことはあっても、言葉が出てこない。

「ご主人！　だいじょーぶ⁉」

レアは、リリアンの方に近づく。

そして、リリアンの顔をじーっと見つめている。

「う～ん……やっぱりわかんない！」

(何が⁉)

自分を見つめてきたかと思えば、急に顔をそらされて、そんなことを言われたので、リリアンはひどく困惑する。

「それよりも、ご主人はなんで外を出歩いてたのさ？　帰ってきたばかりのレアでも、今は外が危ないことくらいわかるよ？」

「モニカさんを探してたのよ」

「うぇ……あいつ？」

リリアンがモニカの名前を出すと、レアは露骨《ろこつ》に嫌そうな顔をする。

「わかりました。私たちが捜索《そうさく》しますので、ご主人様はここから寮の中に戻ってください」

メイアがそう言うと、メイアの足元に、黒い渦が出現する。

メイアの得意技である、影移動だ。ゲートを開けるのは自分だけだが、通るだけなら誰でも可能だ。

「わかったわ。気をつけてね」

リリアンがそう言うと、レアがリリアンの方をじーっと見つめる。

なんだろうと気になりはしたが、リリアンは影の中に飛び込んだ。

「どっちかといえば、ご主人の方が心配なんだけどなぁ」

レアは、そう呟《つぶや》いて、どこかに歩いていった。メイアは、少し遅れて、レアのあとをついていく。

レアがメイアとともに、道中の魔物を倒しつつモニカを探していると、メイアがレアにたずねる。

「隊長、今回の件……ご主人様のことを狙《ねら》っていた輩《やから》についても、何か心当たりでもあるんですか？」

ずっと聞こうと思っていたが、機会がなく聞けなかった。

メイアの言葉に、レアは表情が強ばる。

メイアは、地雷《じらい》を踏んだかと一瞬焦ったが、レアは一言だけ話した。

「ここまでになればごまかせないからね。この騒ぎが収まったら教えてあげるよ」

いつものんきでお気楽なレアらしくもないレアに、メイアも少し緊張が走る。

「今は、あのモニカとかいう女と、首謀者《しゅぼうしゃ》を探ることに集中しないと。同じ方向探してもキリがないから、別れて探そうか」

「……はい！　では、私は建物を探してきます！」

メイアは、レアの言葉に気を引き締め直して、メイアは近くの校舎に歩みを進め、レアは、それを見届けると、反対方向に足を進めた。

＊　＊　＊

暇《ひま》だ。

寮に戻った私が思ったのは、これだった。

ソフィアが話し相手にはなってくれているが、それでも暇《ひま》なことには変わりない。多分、暇《ひま》だと感じてしまうのは、余裕からなのだろう。

アイリスがここを守ってくれているから、私は暇《ひま》だと感じられる。

もし、ここを襲撃でもされたら、こんなことを思っている暇《ひま》なんてないはずだ。

「リリアン。モニカちゃん、大丈夫かしらね……」

「大丈夫と信じてるわ。それよりも、外に出たときに、黒輝石《こっきせき》があったのだけど、それが出てくるイベントってなかった？」

　私が黒輝石《こっきせき》という単語を出すと、ソフィアの目が見開く。

　そして、少し言いにくそうに話した。

「……あるわ。ランダムイベントでね。でも、それは天才魔法使いのイベントなのよ。それも、それなりに好感度があがっている状況で」

　なるほど。乙女ゲームは、最低でも一年かけて攻略していた。

　まだ一学期も終わってないのに、そんなに好感度があがっているとは思えない。

　しかも、あのとき聞いた声では、欠片《かけら》も興味なさそうだったし。

　そういうキャラなのかな？　と思って聞いてみる。

「その天才魔法使いってどういうキャラなの？」

「ルーファスっていうんだけど、人嫌いで、物静かな感じよ。攻略に成功したら、ヒロインにだけ自然な笑みで笑いかけてくれるの。それが良かったのよね～！」

　小さくガッツポーズしながら、笑顔で話してくる。

　なるほど、ルーファスのことか。確かに、女子は自分だけ特別扱いされることを好む人が多いだろうし、そういうのはちょっと素敵かも。私にだけ優しい！　みたいなね。

　私はそんなに興味が惹かれないけど。むしろ、魔法の話の方が聞きたいかも。天才からはどう見えてるんだろうってね。

「さっきの話に戻るけどね、少なくとも二学期以降のイベントなのよ。あの攻略対象って好感度があがりにくいから、カインの次に難しいって言われていたわ。選択肢をちょっとでも間違えると即詰《つ》みって感じだったもの」

　確かに、人間嫌いなら、好感度もあがりにくいだろう。女嫌いのお兄様も、ルーファスとまではいかなくても、あまり好感度はあがっていなかったような気がする。

　まぁ、つまりは、イベントが起きるのが早すぎるということだ。

　ゲームにはないイレギュラーな出来事が、この事態を招いているのかもしれない。

　一番あり得そうなのは、私だけど……でも、それなら直接命を狙《ねら》いに来る方がましなんじゃないか？　と思ってしまう。白梟《しろふくろう》が護衛についているからかもしれないが、直接その場で殺してしまった方が、ずっと確実な方法だ。

　それをしないのは、私というバグを排除《はいじょ》するつもりがないということかもしれない。それなら、何が狙《ねら》いなんだって話だけど。それに、これは私が原因ならという仮定の話だし。

　う～ん……わからない。

　あぁ……いろいろ考えていたら、眠くなってきた。頭を使いすぎたかな～？　それとも、慣れない戦いをして疲れた？

　私は、思わずふわぁとあくびをしてしまう。

　すると、ソフィアがため息をついて、呆《あき》れた表情で見てくる。

「あんた、空気を読みなさいよ……」

「ちょっと考え事をしてて……」

私は、自分の考えをソフィアに伝える。

ソフィアは少し考え込むような動作をして言う。

「そうね。あり得なくはないことだわ。でも、あなたに限らず、誰かを殺したりするのが目的ではないのでしょうね。もしかしたら、確かめるつもりなのかも……」

「確かめる？」

「実力を見るのよ。実力がわからないなら、自分が直接向かって返り討ちにされるよりも、魔物を何匹か向かわせて、自分は高みの見物をしている方が安全じゃない」

言われてみたら、本当にその通りだ。それなら、黒輝石《こっきせき》が欠片《かけら》だったのもわかる。黒輝石《こっきせき》は、本当に貴重だから、そんなに数が多くない。

でも、学園に仕掛けるのに数が少ないと、実力を見たい存在がその前に、事態が終息してしまう恐れがある。

それで、魔物の力は弱くなっても、複数の方が見られる可能性があるということか。

「だから、学園を見ることができる場所にいる可能性が高いわね」

「それじゃあ、探してみるか……」

「……は？」

私がため息をつきながら立ち上がると、ソフィアがそんなすっとんきょうな声をあげる。

「あんた、何て言った？」

「探しに行ってみるかって言ったけど？」

私が言葉を繰り返すと、ソフィアは声を荒らげる。

「いやいやいや！　あんたが狙《ねら》いかもしれないのに、わざわざ単身で乗り込むバカがいるの⁉」

「だって、動けるのは私しかいないじゃない。それに、さっさとこの騒動を終わらせて、のんびりとお昼寝してたいのよ」

ソフィアなりに、私のことを心配してるんだろうけど、面倒事はさっさと片づけてしまいたいのだ。

「お昼寝してたいのよじゃないわよ！　なんでそんな気楽に考えられるの⁉」

「前世のトラブル三昧《ざんまい》のせいで場慣れしてるの！　あなたいわく、私は不幸を呼び寄せるみたいだからね！」

いつも自分をトラブルホイホイと言ってからかってくる友人に強めの口調で言うと、「……なんかごめん」と謝られた。悪気はあったのか。

「でも、ここはお得意の無視してなさいよ！　おそらく、もうすぐ騎士が来るはずよ。ここは、優秀な魔法使いも多いから、怪我人がいても、死者はないと思うわ」

「でも、実力を見たいなら、あんなに弱い魔物だけを出すとは思えないわよ」

やっぱりおかしい。

たとえ前世の私の魂に魔力があったとしても、突進してもひび割れすらしない土壁に強化されるとは思えない。それなら、魔物が弱すぎると思う。私の土壁が強かったんじゃなくて、相手が弱すぎたパターン。いや、弱すぎたパターンだけとは限らないけどね。

でも、相手が弱かったというのはあると思う。そうじゃなかったら、いくら白梟《しろふくろう》の隊長と副隊長とはいえ、魔物を瞬殺《しゅんさつ》するのは不可能だろう。

「それはそうだけど……」

「……でも、あなたの言葉も一理あるし、もうちょっと待ってみるわ」

ソフィアの顔を見ると、なぜか無視できなくて、私は椅子に座り直してしまった。

「いや、永遠に待っててくれない？　本当に、お人好しすぎるんだから」

ソフィアは、はぁとため息をつく。

苦労をかけてごめんなさいね。

でも、なんだかんだ見放さないでいてくれるあなたも、結構なお人好しだと思うわよ。

＊　＊　＊

少し時間は戻り、レアとメイアが別れた直後のこと。

メイアは、近くにあった校舎内に入って、辺りを捜索《そうさく》する。でも、見つかると非常に面倒なことになりかねないので、こそこそ隠れながらの移動だ。

一応、自分はリリアンの侍女《じじょ》としてここにいるので、身バレはしないだろうが、使用人がふらふら出歩いているのを、怪しまれはするかもしれない。

しばらく動き回っていると、話し声が聞こえてくる。

耳をすませると、生徒が三人いるようだった。

「ここには入ってこないよな……？」

「大丈夫だと思います。水で匂いは消しましたし、窓から顔を出したりして、姿を認識されなければ……」

「そんな怖いことを言わないでくださいよ！」

少し不安そうな声色《こわいろ》をしている男の子と、正反対にすごく冷静な女の子、そして恐怖からか、少し過敏になっているような女の子。

冷静な女の子が、初対面のときに聞いた声と同じような気がした。

メイアは、ドアをコンコンとノックする。姿は見られないようにしているので、中の人物からすれば、ドアのノックの音しか聞こえないだろう。

「ひっ！　なんかがドアを叩いてるよ!?」

「私が見てきます」

「あっ、モニカ！　危ないぞ！」

「大丈夫です」

男の子の制止も聞かずに、自分の方に近づいてくる。

モニカと呼ばれていたので、彼女がモニカで間違いないようだった。

モニカが近づいてきて、おそるおそるといった感じでドアを開ける。

そして、自分と目が合った。

「あっ――」

モニカが何かを言いかけたが、メイアが人差し指で静かにというポーズをすると、手で慌てて口を塞《ふさ》ぐ。

そして、モニカがメイアの方に近づいてきて、小さな声でたずねた。

「どうしたんですか？　こんなところまで……」

「あなたを探してくるように、ご主人様から命令を受けましたので」

モニカは、ご主人様が誰なのか考えたが、リリアン様のことだと思い至り、小さくうなずく。

「私はここにいることを伝えてくれませんか？」

「承知しました」

メイアはそう言って、その場を立ち去った。

モニカも、メイアの姿が見えなくなるまで廊下に立って、教室の中に入った。

＊　＊　＊

ソフィアの監視を受けながら、リリアンは部屋で待機していた。

このまま何もないようなら、ソフィアに何を言われようが、モニカの様子を見に行くつもりだったが、ドアがコンコンとノックされる。

誰かと思ってドアを開けると、そこにはサリアがいた。

リリアンは、少し動揺する。

モニカの監視をしているはずのサリアがここにいるということは、モニカに何かあって、自分に報告に来たのではないかと思った。

「な、なんでここにいるの⁉　モニカさんはどうしたの？」

リリアンの言葉に、ソフィアも焦るようにサリアに詰《つ》め寄る。

「モニカさんに何かあったのですか⁉」

焦るリリアンたちに、サリアが落ち着かせるように言う。

「怪我すらないので大丈夫です。メイアが彼女を探しに来ていたようだったので、一応こちらの様子を見に来たのですが、大丈夫なようですね」

その言葉に、リリアンはほっとした。

どうやら、メイアは、ちゃんと探してくれていたらしい。サリアの方が、早く戻ってきただけのようだ。

「では、私は彼女のところに戻ります」

「あっ、待って」

立ち去ろうとしたサリアを、リリアンは呼び止める。

そして、近くにいたソフィアの背中を押した。

「ついでに、ソフィアを部屋に送ってくれない？」

それに一番驚いたのは、ソフィアだった。

「何言ってるんですか！　リリアン様を一人にはしておけませんよ！」

言葉だけ聞けば、リリアンの身の安全を気にしているようにしか聞こえないが、ソフィアにとっては、自分の監視がなくなったリリアンが何をしでかすかわからないという不安からの言葉だ。

リリアンも、ソフィアの言葉の意図に気づき、安心させるように言う。

「下手に出歩かなければ大丈夫よ。サリアがモニカさんを置いてきたってことは、もうそこまでの危険がないってことでしょうから」

「……そうですか。わかりました」

まだ納得していない様子だったが、ひとまずリリアンの言葉には従ってくれるようで、サリアに連れられるように、部屋を出ていった。

ソフィアを部屋に帰したリリアンはのんびりとベッドでゴロゴロすると、廊下を走る音がする。

なんだろうと思って起き上がって、ドアの方に近づくと、何かが飛び出してきた。

「げうっ！」

そんな情けない声をあげて、リリアンはその場に倒れる。

それを見て、ぶつかってきた存在は、「あるぇ？」と首をかしげる。

「ご主人がまた死んじゃったや」

ぶつかってきた存在……レアがやってしまったという表情で呟《つぶや》く。

その呟《つぶや》きに、アイリスが冷たい目で返す。

「いや、あなたの突撃が凶器になって気絶しただけでしょう？」

アイリスは、はぁとため息をついた。そして、この突撃兵器の攻撃を受けておいて、気絶だけですんでいるリリアンに少しだけ感心する。

「精神魔法で起こしたらどうです？」

「そんなことしたら後遺症とか残っちゃうかもしれないじゃん！　そんなひどいことできないよ！」

「ロリデビルは絶対に言っちゃいけませんよ」

「なぜに!?」

驚愕《きょうがく》の表情をレアはアイリスに向ける。

「そりゃあ、今までの行いですよね」

「失礼な！　ご主人たちに仇《あだ》なす者たちをコテンパンにしてきただけじゃんか！」

「…………」

何もわかっていないレアを、アイリスはゴミを見るような目で見つめる。

本気で悪いなんて欠片《かけら》も思っていないから。

「……ひとまず、ご主人様を起こしましょうか」

アイリスはそう言って、リリアンの上に乗っているレアを放り投げる。

「ほわぁっ!?」

そんな声をあげて、レアが壁にぶつかった。

それを気にもせずに、アイリスはリリアンの体を揺らした。

エピローグ　心情の変化と決意

「ご主人様。起きてください」

「う〜ん……」

何度も体が揺らされて、意識がはっきりしてくる。

「あれ……？　なんで床で寝てるのかしら？」

「あのロリデビルの突進で気絶なさいました。よく生きてましたね」

私は、アイリスの言葉を聞いてしかめっ面になってしまう。

死んでてほしかったのか？

私はそんなか弱い存在ではないのだけど。

「あっ、そうだ！　あなたがいるってことは、魔物騒動は終わったの？」

サリアが来た時点で、それなりに終息に向かっているとは察していたけど、まだ終わりを聞くまでは安心しきることはできない。

「はい。首謀者《しゅぼうしゃ》は逃がしましたが、魔物とそれを生み出していた黒輝石《こっきせき》は、見つけたものはすべて破壊しています」

あれって破壊できるものなのかと思いながらも、私は「そう……」と安心しきって呟《つぶや》く。

この人たちは、騒動が起きてもいつも通りみたいだ。

「レアのことは誰も気にしてくれないのか～！」

大きな声をあげてそんなことを言ったので、私とアイリスがレアの方を見る。

うん。いつも通りだ。

「日ごろの行いじゃありません？　何があったのかは知りませんけど……」

ドアを開けながらそう言ったのはメイア。

メイアの姿が視界に入ったとき、私はメイアに真っ先にたずねる。

「モニカさんは？」

「教室に避難していましたよ」

「危なくないの？」

私が見たときは校舎に魔物はいなかったようには思えるけど、校舎に侵入したりもしていたみたいだし、教室も危険なのではないだろうか。

「あの周辺にあった黒輝石《こっきせき》は破壊しておきましたし、周辺には魔物もいなかったので、大丈夫だと思いますよ」

メイアも破壊していたのかと思いつつも、モニカちゃんが無事そうなのにほっとする。

メイアは、思い出したという風に、レアの方に向き直る。

「そういえば、今回の心当たりについて話してくれるんじゃなかったですか？」

心当たり？　レアは、何か事件の裏でも知っているの？

「あれはね～、昔にレアとアイちゃんを誘拐したやつさ」

私はその発言に固まってしまう。

メイアも固まったので、おそらくは同じことを考えているだろう。

（この二人が!?）

レアとアイリスは、それぞれ白梟《しろふくろう》の隊長と副長を務めるくらいには優秀だ。

それなのに、誘拐されるなんてことがあるのだろうかと思ってしまう。

「それが首謀者《しゅぼうしゃ》なの？」

「そーそー。今度はご主人のことを狙《ねら》ってるみたいなんよね」

レアは私の方を見てあっけらかんとそう言った。

（なんで私を!?）

私には、まったく心当たりがなかった。

殺されたりとかは、『青の月』を壊滅《かいめつ》させかけたことがあるので、恨みを買ったりした覚えはある。

でも、誘拐されることに心当たりがない。

このレアとアイリスすらも誘拐されるような存在に、狙《ねら》われていると考えると、背筋に寒気が走る。

「とりあえず、今回のことを旦那様に報告しようよー」

「えっ、あっ、そうね」

なんか話をそらされた気がしたが、それもそうかと、私は手紙を書き始めた。

そして、書いたものをメイアに渡す。

お休みの直前までこんなことが起きたせいで、大して動いたりもしてないくせに、疲れが襲ってくる。

そのまま、私は眠りこけてしまった。

＊　＊　＊

魔物騒動が起きた学園は、しばらくの間は臨時休暇になった。スタンピードと同じだけど、それよりも長くなるかもしれないとのこと。

まぁ、当然だよね。危険度が段違いだったし。

そして私は、休暇に入ってから三日後に、ようやく許可が下りて、モニカちゃんとソフィアに再会した。

「リリアン様！　ご無事で何よりです」

モニカちゃんも心配してくれていたようで、少し涙を浮かべながら、私に抱きついてくる。私は、そっと抱き締め返した。

「私は心配してくれなかったんですか〜？」

一人だけ仲間外れにされたソフィアが、モニカちゃんをじーっと責めるように見る。

モニカちゃんは、少し早口になってまくし立てた。

「ソ、ソフィアさんのことも心配でしたよ⁉　でも、リリアン様は貴族ですから、怪我をしたら今後の影響が大きいですし、私を探しに外に出たともお聞きしていたので……」

「なるほど。私は平民で薄情《はくじょう》者だからどうでもいいと……」

「そういう意味ではなくて、そのぉ……」

モニカちゃんの声はどんどんと小さくなっていき、最後には何やらぶつぶつと言い訳していくようになった。そして、なぜか私をチラチラと見る。どうしたの？

そんな様子を、ソフィアはなぜかニヤニヤしながら見ている。何が面白いの？

二人の行動に、今度は私が置いてかれている。

と、とりあえず、無事で良かったね？

＊　＊　＊

モニカちゃんが無事だったことには素直に喜べたし、私のことを心配してくれたと聞いたときはうれしかった。

でも、なんでこいつだと何も感じないんだろう？

「リリアン。怪我はないか？」

「……ええ」

どうしてお前がここに来る!?

私は、目の前にいるカインをじっと見つめる。

カインは、生徒会の一員、教師と共に、原因の調査や後始末をしているはずだ。

ソフィアと私は、生徒会に入ったばかりの新人なので免除されただけであって、テスト明けすぐに入会したであろうカインは、その例外には当てはまらないはず。

スタンピードの鎮圧にも向かってたくらいだしね。

「私に、何かご用でも？」

今回の騒動に、私も無関係とは言えない。

もしかしたら聞き取り調査の一環かもしれないと思って聞いてみたが、カインは首を横に振る。

「シェリー殿下からお聞きしたが、君はソフィア嬢と二人で寮に戻っていたのだろう？　心配するのは当然だ」

なんと、単に心配の気持ちだけで私を訪ねたみたいだ。

私は、何の言葉も出ない。思考が追いつかない。あのカインが、こんなことするはずが……いや。

否定的に思っては、ダメだ。

気づかないようにしていたけど、もう認めるしかない。

いつからか、カインが変わっている。こんな、婚約者を気にかけるようなやつではなかったのに、私を心配するようになってくれている。

それを、ひねくれた考えで受け止めてはダメだ。

「ご心配してくださり、ありがとうございます。この通り、私は怪我もしておりませんので、ご安心くださいませ」

「……ああ。では、私は後始末に戻ろう」

安心させるように微笑《ほほえ》んだ私に、カインも微笑《ほほえ》んでくれた。

私は、心が暖まるのを感じた。


最初は、乙女ゲームを無視しようとしただけだった。

生き残るために媚《こび》を売るなんてバカバカしいから、攻略対象もストーリーもヒロインもシナリオも無視して、自分勝手に生きようとしただけだった。

その弊害《へいがい》か、こんな風にいろいろなことに巻き込まれてしまったけど、ゲームのリリアンにはいなかった友人ができて、ちょっとだけ、婚約者との関係も改善した。

もうすぐ長期休暇が訪れる。休み明けには、様々なイベントがあるし、攻略対象も、ヒロインもいる。でも、私はそれに従って、ゲームのリリアンになるつもりはない。これからも、シナリオやヒロインなんて気にせずに、自分の生きたいように生きようと、私は心に決めた。

自称
悪役令嬢な妻の観察記録。
1～2
RC
Regina COMICS
シリーズ累計
192万部突破!!
（電子含む）
原作＝しき
漫画＝蓮見ナツメ
Presented by Shiki & Natsume Hasumi
アルファポリスWebサイトにて
好評連載中!!
＼どたばたラブコメファンタジー／
待望の続編!!
『悪役令嬢』を自称していたバーティアと結婚した王太子セシル。楽しい新婚生活を送っていたところ、バーティアの友人・リソーナ王女から結婚式のプロデュース依頼が舞い込んだ。やる気満々のバーティアをサポートしつつシーヘルビー国へ向かったけれど、どうもバーティアの様子がおかしい。すると、バーティアが
「私、リソーナ様のために
代理悪役令嬢になりますわ!!」
そう宣言して――!?
元一流悪役令嬢として
打倒王子を掲げて
頑張りますわ!!!!!!
悪役令嬢の大先輩である私が
代理悪役令嬢
になりますわ!!!!!!
大人気どたばたラブコメファンタジー待望の続編!
大好評発売中!!
アルファポリス 漫画
検索
B6判／各定価：748円（10%税込）

この作品に対する皆様のご意見・ご感想をお待ちしております。

おハガキ・お手紙は以下の宛先にお送りください。

【宛先】

〒150-6019 東京都渋谷区恵比寿4-20-3 恵比寿ｶﾞｰﾃﾞﾝﾌﾟﾚｲｽﾀﾜｰ19F
（株）アルファポリス　書籍感想係

メールフォームでのご意見・ご感想は右のＱＲコードから、
あるいは以下のワードで検索をかけてください。

アルファポリス　書籍の感想　検索

ご感想はこちらから

本書は、「アルファポリス」（https://www.alphapolis.co.jp/）に掲載されていたものを、
改稿、加筆のうえ、書籍化したものです。

悪役令嬢《あくやくれいじょう》に転生《てんせい》したので、すべて無視《むし》することにしたのですが……？

りーさん

2024年 5月 5日初版発行

編集－桐田千帆・大木 瞳
編集長－倉持真理
発行者－梶本雄介
発行所－株式会社アルファポリス
〒150-6019 東京都渋谷区恵比寿4-20-3 恵比寿ｶﾞｰﾃﾞﾝﾌﾟﾚｲｽﾀﾜｰ19F
TEL 03-6277-1601（営業） 03-6277-1602（編集）
URL https://www.alphapolis.co.jp/
発売元－株式会社星雲社（共同出版社・流通責任出版社）
〒112-0005 東京都文京区水道1-3-30
TEL 03-3868-3275
装丁・本文イラスト－ウラシマ
装丁デザイン－AFTERGLOW
（レーベルフォーマットデザイン—ansyyqdesign）
印刷－中央精版印刷株式会社

価格はカバーに表示されてあります。

落丁乱丁の場合はアルファポリスまでご連絡ください。

送料は小社負担でお取り替えします。


ISBN978-4-434-33781-9 C0093